DOM LOPE DE CARDONE.

TRAGI-COMEDIE

Et dernier Ouurage

DE M^R DE ROTROV.

A PARIS,
Chez ANTOINE DE SOMMAVILLE, au Palais, dans la Salle aux Merciers, à l'Escu de France.

M. DC. LII.
AVEC PRIVILEGE DV ROY.

Extraict du Priuilege du Roy.

PAR grace & priuilege du Roy donné à Paris le 26. iour d'Aoust 1650. Signé, Par le Roy en son Conseil, Le Brun. Il est permis à Antoine de Sommauille Marchand Libraire à Paris, d'imprimer ou faire imprimer, vendre & distribuer vne piece de Theatre intitulée *Dom Lope de Cardone, Tragi-comedie de M. de Rotrou,* pendant le temps & espace de sept ans entiers & accomplis. Et defenses sont faites à tous Imprimeurs, Libraires & autres, de contrefaire ledit Liure, ny le vendre ou exposer en vente d'autre impression que de celle qu'il a fait faire, à peine de trois mil liures d'amende, & de tous despens, dommages & interests, ainsi qu'il est plus amplement porté par lesdites Lettres, qui sont en vertu du present extrait tenuës pour bien & deuëment signifiees, à ce qu'aucun n'en pretende cause d'ignorance.

Acheué d'imprimer pour la premiere fois le 15. Iuillet 1652.

Les Exemplaires ont esté fournis.

ACTEVRS.

D. PHILIPPE,	Roy d'Arragon.
D. PEDRE,	Son fils.
D. LOPE de Cardone,	General d'Armée.
D. SANCHE de Moncade,	General d'Armée.
D. FERNAND de Moncade,	Son Pere.
THEODORE,	Infante d'Arragon.
CYNTHIE,	Sa Dame d'honneur.
ELISE de Cardone,	Sœur de D. Lope.
LVCIE,	Sa Suiuante.
OCTAVE,	Gentilhomme de D. Pedre.
GARDES.	

La Scene est à Sarragosse.

DOM

DOM LOPE DE CARDONE.

ACTE I.

SCENE PREMIERE.

ELISE, LVCIE.

ELISE.

ENCOR vn coup, Lucie, aprés cette deffense
Ne m'en parle iamais, n'en prend plus la licence,
Ne t'interesse point au choix de mes Amans,
Laisse à ma passion ses libres mouuemans,

Dans ce cœur outragé ne promets point de place,
N'en cõbas point la haine, & n'ẽ vẽds point la grace;
Celuy que tu luy peins auecque tant d'attraits,
Y placera plutost vn poignard que ses traits;
Et tant que de mes iours subsistera la trame,
La mort de Dom Louys seignera dans mon ame.

LVCIE.

Vous voyés mal mon cœur, lors que vous m'imputéz
De vendre à vos Amans l'espoir de vos bontez;
Et pour la lascheté d'vne action si vile,
Il faut l'auoir trop bas, & l'ame trop seruile:
Ie n'ay pû voir les maux que le Prince a souffers,
Sans blasmer vos r gueurs, & sans plaindre ses fers;
Il n'ose que par moy vous ouurir sa pensee,
Et ce sont les motifs qui m'ont interessee.
Vostre inhumanité ne les peut approuuer;
Vous m'imposez silence, il le faut obseruer:
Mais i'approuue bien moins cette rigueur extréme,
Dont l'obstination vous couste vn Diadéme.

ELISE.

Offrant tout l'Vniuers à mon ambition,
Il n'ébranleroit pas cette obstination.
Ie veux, ferme ennemie & genereuse Amante,
Faire voir à mon Siecle vne fille constante:

Et par vne vertu qu'on ne puisse émouuoir,
Honorer nostre sexe, & marquer son pouuoir.
Ton adresse, Lucie, est vn art inutile,
Et fait vn vain effort contre vn cœur immobile.
Quand son bras n'auroit pas dedans le monumant
Enfermé mon amour auecques mon Amant;
Et quand aux mouuemens d'vne nouuelle flame,
Mon deüil auroit laissé l'accez libre en mon ame,
Il sçait mal m'obliger à luy vouloir du bien,
Et par son amour mesme est indigne du mien.
Ie porte vne ame haute, ou si tu veux, altiere,
Qui repugne à rien voir de bas ny de vulgaire;
Ces vils abbaissemens, ces lasches desespoirs,
Et ces effeminez & seruiles deuoirs,
Sentent leur ame basse, & leur esprit malade,
Et n'ont rien qui me touche & qui me persuade:
Le Sceptre qu'il attend, son sang, ses dignitez,
Ne peuuent m'éblouyr parmy ces laschetez.
Vn genereux depit, vn couroux magnanime,
Vne noble fureur s'obtiendroient mon estime;
Et qui me peut souffrir apres tant de rigueur,
Ne peut beaucoup m'aymer auec si peu de cœur.
Souffre au deüil qui m'occupe, & dont tu m'as distraicte,
Dans cette solitude vn moment de retraitte;
Et voy si le Courrier qu'on attend chez le Roy,

[illegible] *Sçait que mon Frere arriue, & s'il n'a rien pour moy.*
Reuien cher entretien de ma triste memoire,
Appuyer ma constance, & soustenir ta gloire:
Tout mort & tout sanglāt reuien dedans mon cœur,
O mon cher Dom Louis, combattre ton vainqueur.
Il apporte au combat de dangereuses armes;
De l'espoir d'vn Empire il emprunte les charmes.
Il marche enuironné de toute la splendeur
Qui d'vn puissant Monarque etale la Grandeur:
Et toy dedans la nuict eternellement sombre,
Ne lui peux oposer qu'vn Phātôme, & qu'vn Ombre.
Mais cette Ombre en mon cœur efface son orgueil;
Ie ne puis preferer son Throsne à ton cercueil:
Et ie sacrificray d'vn dessein noble & ferme
Tous les feux de mon ame aux cēdres qu'il enferme.
Son faste en vain pretend enchanter mes douleurs,
Rien ne plaist à mes yeux au trauers de mes pleurs:
Tu fus toute ma gloire, & ta triste auanture
Enferma tous mes vœux dedans ta sepulture.
Mais Dieu! le Prince icy! quels assez sombres lieux
Sous ces Arbres pourront me cacher à ses yeux?

SCENE II.

LE PRINCE, OCTAVE.

LE PRINCE.

Non, non, Pere importun, cet amour frenetique
Ne prendra point de loy de vostre Politique:
Pour en deliberer vostre aduis vient trop tard:
L'Amour & les Estats ont leur Police à part:
Contre ce qu'il prescrit vos Maximes sont vaines,
Et l'espoir de regner ne peut m'oster mes chaines.

OCTAVE.

Cette obstination part d'vn charme puissant,
Vous voyez quel ennuy vostre Pere en ressent;
Et que pour vous guerir, & bannir de vostre ame
Apres tant de langueurs cette fatale flame,
Il met à vostre choix iusques à ses Estats.

LE PRINCE.

Quand l'ame n'est plus sienne on n'en dispose pas.
Vn ennuy qui m'accable, vn feu qui me consomme,

A peine m'ont laissé les sentimens d'vn homme;
Et ie ne retiens rien en cet aueugle amour
Du noble orgueil du sang dont i'ay receu le iour.
Helas! fut-ce ce cœur esclaue d'vne fille,
Qui braua tant de fois les forces de Castille?
Fut-ce luy qui me fit affronter le danger
Iusques dedans les murs de Thunis & d'Alger?
Promener la terreur du Couchant à l'Aurore,
Sur le riuage Grec, & sur la riue More?
Sont-ce là ces progrez qu'ont craint nos ennemis?
Et le bel auenir que les Cieux m'ont promis?
O vous qu'õ croit Autheurs des fortunes humaines,
Astres, vous nous trõpez, vos promesses sont vaines,
Pas vn des curieux qui vous ont obseruez
N'ont à tant de mespris cru mes iours reseruez;
Nul ne m'a menacé d'vn si honteux seruage:
Tous m'ont de tous les cœurs fait esperer l'hommage:
Quels hommages! helas! deuiez-vous m'acquerir
Si méme auec des fers on ne me peut souffrir?
Si de tant de mespris mon seruice est la butte?
Si soumis, languissant, & serf on me rebutte?

OCTAVE.

Vous nous faites encor flatter vos sentimens!
Vous offrir du remede est vn de vos tourmens!
On n'ose vous parler, rien ne vous persuade,

Qui ne veut point guerir ſans doute eſt bien malade!
Si vous me permettieZ de parler librement,
Ie vous dirois qu'on rit de voſtre aueuglement;
Et que toute la Cour ſourdement authoriſe,
Apres tant de deſdains l'auerſion d'Eliſe.
Pour moy, qui ne ſors pas du ſang d'où vous ſortez,
Qui ne me puis vanter d'illuſtres qualiteZ;
Qui n'ay point d'eſperance auecque vous commune,
Et dont l'heur d'eſtre à vous eſt toute la fortune,
Tout ce que la Nature auroit de plus charmant,
Ne m'obligeroit pas d'aimer ingratement:
Et le ſecond deſdaiu me rendroit ma franchiſe.

LE PRINCE.

Parles-tu ſans trembler quand tu parles d'Eliſe?

OCTAVE.

Des meurtres qu'elle fait le bruit eſt-il ſi grand?
Ie n'oy plaindre que vous des cœurs qu'elle ſurprẽd,
Et ie ne treuue point...

LE PRINCE.

Inſolent! temeraire!

OCTAVE.

Vous l'emportez touſiours auec voſtre colere.

Mais s'il n'est pas permis de vous rien contester,
Et si l'on n'est à vous qu'afin de vous flatter;
Si de la verité vous deffendez l'vsage,
Nous joüons vous & nous un mauuais Personnage.
Les Roys & les Amans ont ce deffaut commun,
Que si l'on ne les flatte, on leur est importun;
Que si dans leur estime on pretend quelque place,
Le mensonge l'y donne, & la franchise en chasse.
Il faut qu'vn charme horrible occupe vos esprits,
I'ay mille fois pour vous rougi de ses mespris.

LE PRINCE.

Perfide, ton salut pour toute repartie
Depend...

OCTAVE.

De vous flatter?

LE PRINCE.

D'vne prompte sortie,
Et sans deliberer, ou...

OCTAVE.

Je vous laisse. O cieux!
Octaue rentre. *Qui peut plus gouuerner cet esprit furieux?*

LE

LE PRINCE seul.

Estrange tyrannie, & rigueur sans seconde,
Qu'il faille prendre aduis & loy de tout le monde!
De deuoir à mon Pere, à l'Estat, à la Cour,
Et iusques à mes gens raison de mon amour!
De ne me plaindre pas d'vne iniuste puissance,
Et n'en pouuoir souffrir l'Empire auec licence!
Qu'ils souffrent ma blessure, & la laissent seigner!
Le plus grand de mes maux est d'y voir repugner.
C'est trop peu qu'vne Fille insolamment me braue,
Mes regards sont contraints, ma parole est esclaue,
On gesne ma pensee, ô Dieu! qu'ay-je commis
Qu'il faille pour aymer auoir tant d'ennemis?
Ie n'occupe leurs soins, leurs trauaux, ny leurs veilles:
Le recit de mes maux n'étourdit point d'oreilles:
I'adore sans effet d'insensibles appas:
Mais pourquoy s'ẽ plaint-on, si ie ne m'ẽ plains pas?
Ie ne m'en plains qu'à vous, confidens solitaires,
Arbres, fontaines, fleuues, fidelles secretaires,
Seuls dont les entretiens daignent flatter mes soins,
Seuls aussi de mes maux veritables témoins,
Seuls auec qui mon cœur en liberté souspire
L'insuportable ioug d'vn si cruel Empire,
Seuls enfin dont la veuë enchante mon soucy.

Qui t'ameine, Lucie? Elise est elle icy?

SCENE III.

LVCIE, LE PRINCE.

LVCIE.

OVy, mais si vostre amour ne veut que ie la flatte,
Ne la voyez point, Prince, éuitez cette ingrate.
Plûst au Ciel sceussiez-vous de quelle indignité
A l'instant mesme encor elle vous a traitté!
Vous vous feriez effort en ce besoin extréme;
Vous obtiendriez de vous plus d'amour pour vous-méme,
Et vous affranchiriez des plus indignes loix,
Sous qui iamais beauté rangea du sang de Roys.
Ie sçay combien ce soin pese au Roy vostre Pere;
Et certes auec luy ie plains vostre misere:
Et c'est bien estre aueugle, & bien peu vous priser...

LE PRINCE.

I'approuue tes auis, mais ie n'en puis vser.

Toute la cruauté dont Elise est capable,
Ne me peut reuolter contre vn joug qui m'accable.
Nomme cette constance, ou force, ou lascheté,
Mais plus que ses mespris ie crains ma liberté.
Tout ce que mes amis ont d'auis legitimes,
Mon Pere de raisons, & l'Estat de Maximes,
Tout ce que i'ay de cœur, de force & de discours,
Ne peuuent à mes vœux donner vn autre cours,
Et rallument mon feu plustost que de l'estaindre.

LVCIE.

Vostre misere est grande, & vous estes à plaindre!
Deuriez-vous profaner des iours si precieux,
Sur qui tout l'Arragon iette auiourd'huy les yeux?
Dom Louys à vos feux la rendit insensible;
Et ce Riual vaincu la rend plus inuincible.
Son sang a plus aigry, qu'adoucy vostre sort,
Il est vostre Riual encor apres sa mort:
Et tout pasle & tout froid occupe encor la place
Dont tout bruslant d'amour l'insensible vous chasse.
Vous faut-il dire tout? i'excite son couroux
Par le moindre dessein de luy parler de vous.
Elle s'en est forgé mille soupçons friuoles:
Dans son opinion ie vous vends mes paroles.
Vn infame interest met à prix mon credit;
Et vostre nom enfin m'est si fort interdit,

Qu'il faut, quoy que m'inspire vn veritable zele,
Ne vous nommer iamais, ou me separer d'elle.
Voila les beaux succez que mon soin vous produit;
N'auez-vous pas grand lieu d'en esperer grand fruit?
Adieu, iugez, Seigneur, ce que mon imprudence
Luy fera presumer de nostre confidence,
Il l'arréte *Et du soin innocent que ma pitié vous rend,*
Si dans cet entretien son retour nous surprend.
Laissez moy.

LE PRINCE.

Quand ton soin deuroit m'estre friuole,
Tache à m'en obtenir au moins vne parole.
Ie ne veux...

LVCIE.

La voicy, retirez-vous. O Cieux!

LE PRINCE.

Il entre dans vn cabinet de verdure, & les escoute. *Je vay l'attendre, auance, & me cache à ses yeux.*

SCENE IV.

ELISE, LVCIE, LE PRINCE.

ELISE.

AS-tu veu le Courrier?

LVCIE.

I'en viens.

ELISE.

Apporte, donne.

LVCIE.

Tenez.

ELISE lisant.

A la Comtesse Elise de Cardone.

DEmain, ma chere Sœur, vous sçaurez par ma bouche,
Où nous auons du Roy reduit les ennemis;
Et que no⁹ surmõtans en tout ce qui le touche,
Nous executons plus que nous n'auons promis;

Permettez que le Fils espere,
Quand ie fay triompher le Pere;
Et ne troublez à mon retour
D'vne humeur chagrine & seuere
Ma victoire ny son amour.

D. Lope de Cardone.

LE PRINCE bas.

O d'vne ingrate Sœur noble & genereux Frere,
Qui condamne sa haine, & qui veut que i'espere!

ELISE.

O foible & lasche auis d'vn Frere genereux!
Moy voir cet assassin d'vn œil moins rigoureux!
Moy laisser esperer vne amour qui m'offense!
Moy du sang d'vn Amant estre la recompense!
Faire sur ma memoire vn si barbare effort!
Et receuoir la maiu dont il receut la mort!
Vne main de son sang encore degoutante!
O friuole conseil, & ridicule attente!
Ah plutost, cher obiet d'vn si sensible ennuy,
Vn cercueil auec toy, qu'vn Throsne auecque luy!

LVCIE.

Ie n'ose vous rien dire, & vostre violence

Rétraint tous mes penſers ſous la loy du ſilence;
Mais plût, mais plût au Ciel viſſiés-vo⁹ de mes yeux
Du mal que vous cauſez l'effet prodigieux :
Pour voir ſans s'émouuoir vne amitié ſi rare.
L'inſenſibilité n'eſt pas aſſez barbare;
Malgré tous vos meſpris, iamais ſur vn Amant
Princeſſe ne regna ſi ſouuerainement.
Et iamais deſeſpoir ſi grand & ſi funeſte
N'eut tant de reuerence, & ne fut ſi modeſte.
L'auantage du ſang, qui de tant de flatteurs
Fait aux Princes des ſerfs & des adorateurs;
Et le bandeau Royal qu'attend ce front Auguſte,
Qui prend ſur tant de cœurs vn Empire ſi iuſte,
Ont-ils ſi peu d'attraits?

ELISE.

Son ſang, ſon rang, ſon bien,
Pourroient toucher vn cœur placé comme le tien.
Il s'en deffendroit mal, mais où le mien reſide,
Il faut pour l'ébranler vn moyen plus ſolide;
Il faut luy faire voir que mes yeux éblouys
Luy reprochent à tort la mort de Dom Louys:
Et que le propre iour pris pour noſtre hymenée,
Il n'a pas de ſes iours la courſe terminee:
Mais ie vis & le fer qui luy perça le flanc,
Et le bras du meurtrier encor teins de ſon ſang.

Ie vis en l'appareil d'vne pompe funebre,
Changer l'apprest d'vn iour si cher & si celebre;
Et suiuis au tombeau, frapé du coup mortel
Celuy que nostre hymen attendoit à l'Autel.
Et tu veux, qu'abhorrant sa recherche importune,
Tout odieux qu'il m'est, i'encense sa fortune!
Tu ne crois pas vn Sceptre vn offre à dedaigner,
Et ie le doy souffrir parce qu'il doit regner.
O lasche sentiment d'vne basse naissance!
O d'vn parfait amour obscure connoissance!
L'amour seul est son prix, & quand on ayme bien
Des Sceptres, des Estats, tout se compte pour rien;
Et loin de m'éblouyr tout son éclat m'irrite.

LVCIE.

Et bien de son amour pesez donc le merite.
Dom Louys auec gloire est mort en vn combat,
Qui hazardoit le sang le plus pur de l'Estat.
L'vn d'eux à vos beautez estoit deub pour victime:
Le Prince eut l'auantage, & voila tout son crime.
D'autres couronneroient de semblables forfaits.

ELISE.

T'ay-je pas deffendu de m'en parler iamais?
Sçais-tu de quel empire & d'amour & de flame
Le Comte de Venasque a regné dans mon ame?

Helas,

Helas! ie le sçay seule, & qui me l'a rauy,
Quelque rang qu'il occupe en vain m'est asseruy,
Et lasche à mes rigueurs en vain se sacrifie;
Il ne bat qu'vne roche à ses cris endurcie.
Tout ce qu'on m'en propose excite ma fureur,
Son nom, son rāg, ses vœux, i'en ay tout en horreur.

LE PRINCE sortant furieux.

Et bien, Madame, & bien, si mal en vostre estime
Il y faut faire naistre vne horreur legitime;
Puis qu'on m'est si barbare, il faut l'estre à mon tour,
Et meriter la haine au deffaut de l'amour.
Il faut, si plein d'horreur, si noir, & si terrible,
Sans sentiment d'honneur traitter vne insensible:
Rendre sa haine iuste, & de force emporter
Ce qu'au prix de soy-mesme on ne peut acheter.

ELISE.

Prince, ie sors d'vn sang, dont...

LE PRINCE.

Vous pourriez descendre
Ou du sang de Cesar ou du sang d'Alexandre,
Que ie ne vous pourrois souffrir la vanité
De m'estre si barbare auec impunité.
I'ay par tous les efforts qu'vn vray zele a pû faire,

Comblé d'heur & de gloire & vous & vostre Frere;
Pour le rendre celebre, & signaler son nom
I'ay mis entre ses mains les armes d'Arragon;
Et pour voir tout ployer sous son obeyssance
Ie me suis dépoüillé de ma propre puissance.
Si ie pouuois sans honte en vn iuste couroux
Rappeller à vos yeux ce que i'ay fait pour vous,
Et ce que vous payez d'vn traittement si rude,
Ie vous ferois rougir de vostre ingratitude.
I'ay veu pour vous seruir cent climats estrangers;
I'ay trauersé cent Mers, & franchy cent dangers,
Que tout autre peut-estre eut creus ineuitables,
Et que n'ont pas tenté tous les Heros des Fables.
La seule ardeur de plaire à ce cœur inhumain,
Me mit presque en naissant les armes à la main.
Dedans tous les succez dont i'ay remply l'Histoire,
Ie n'ay, quoy qu'on ait crû, remply que vostre gloire.
Ie n'ay seruy l'Estat que par l'ambition
D'accroistre ou conseruer vostre possession;
D'en affermir pour vous l'authorité supreme,
Et ioindre des Brillans à vostre Diademe.
L'Espagne a veu pour vous l'effroy sur ses deux Mers,
Ces bras victorieux traisnoient par tout vos fers:
I'ay tout vaincu pour vous, & vous seule inuincible
Opposez à ma flame vn cœur inaccessible.

Mais puis qu'on ne peut rien soumis ny Conquerãt;
Que vous auez horreur d'vn Prince souspirant;
Qu'auec tout mon respect ie ne vous sçaurois plaire,
Mon amour irrité se sçaura satisfaire,
Et pour iustifier l'horreur que ie vous fais,
Passera sans respect des plaintes aux effets.

ELISE.

O le grand Roy qu'en vous attend cette Prouince!
O que vous auez bien les sentimens d'vn Prince!
Issu d'vn sang Royal, & né pour vn Estat,
Vous pouuez conceuoir vn si lasche attentat!

LE PRINCE.

Vos mespris...

ELISE.

Et peut-estre apres cette menace,
Vous pretendrez encor quelque part en ma grace!
Et vous espererez des traittemens plus doux!
I'aurois les sentimens aussi lasches que vous,
Et ie meriterois de vous estre alliée,
Si iusques à vous aymer ie m'estois oubliée.
Fermez, fermés les yeux aux respects les plus saints;
Bastissez vous en l'air vos infames desseins,
Et croyez tout pouuoir auec toute licence,

Mon honneur sçaura bien pouruoir à sa deffence;
J'auray, j'auray memoire & du temps & du lieu,
Ou...

LE PRINCE.

Ma Princesse, vn mot.

ELISE.

Laissez-moy, Prince, adieu.

LE PRINCE.

Laissez-moy donc vn cœur, dont vostre tyrannie
Auecque la franchise a la raison bannie.
Vn lasche qui vous suit malgré vostre courroux,
Et qui ne sçauroit estre, & n'estre pas à vous.
Si i'ay crû ma fureur contre vostre iniustice,
D'vn esprit eschapé pardonnez le caprice:
Toute vostre rigueur ny tout mon desespoir
Ne peuuent m'emporter hors des loix du deuoir;
Et i'ay desauoüé ce penser temeraire,
Ce monstrueux enfant d'vne aueugle colere,
Qui contre vostre honneur m'osoit solliciter,
Et qu'vn excez d'amour m'a permis d'écouter.
J'offre encore ma vie, & l'ay cent fois offerte,
S'il faut de mon Riual vous reparer la perte:
tirant l'espee *Tenez, mon sang du sien est-il vn digne prix?*

Ce fer me blessera bien moins que vos mespris.

LVCIE l'arrestant.

Seigneur...

LE PRINCE.

Laisse, Lucie, acheuer vne vie
Des outrages du sort si long temps poursuiuie;
Laisse moy me soustraire à de si rudes loix,
Satisfaire sa hayne, & luy plaire vne fois.

ELISE s'en allant.

Le tort que i'ay receu ne se peut satisfaire,
Prince, ne mourez point par l'espoir de me plaire;
Cet espoir seroit vain, viuez, & seulement
Guerissez vostre esprit d'vn friuole tourment.

LE PRINCE.

O d'vn barbare cœur sensible experience!
A quelle espreuue, ô Ciel, mets tu ma patience!
Qu'vn effroyable charme aueugle mes esprits,
Et qu'il faut de vertu contre tant de mépris!

Fin du premier Acte.

ACTE II.

SCENE PREMIERE.

THEODORE, CYNTHIE, LE PRINCE.

THEODORE.

DV rang que vous teneZ aueZ-vous con-
noissance?
SçaueZ-vous de quel sang nous auons
pris naissance,
Prince? & que l'Arragon & cent climats diuers
Sur vous pour les regir tiennent les yeux ouuerts?
Suffit-il d'vne teste & d'vne ame commune
Pour le noble fardeau qu'attend vostre fortune?
Est-ce assez pour porter le Sceptre d'Arragon
Que vous ayez d'vn Prince & le sang & le nom?
Il faut qu'vn Souuerain ayt d'autres caracteres
Que les hommes communs, & les ames vulgaires.

L'Estat tousiours veillant dessus ses actions,
De ses moindres pensers prend des impressions;
Veut voir à quels instincts sa naissance l'incline,
Et iusques dans le cœur sans faueur l'examine.
Quelle attente, mon Frere, & quelle impression
Receura vostre Estat de vostre passion?
Dont l'empire hôteux vous maistrise & vous braue,
Iusqu'à vous abbaisser à des deuoirs d'esclaue?
La foiblesse d'aymer parmy tant de mespris:
Se pardonneroit elle aux plus lasches esprits?
Elise vaut beaucoup; mais a-elle des charmes
A faire de vos yeux tomber d'indignes larmes?
A vous tirer du sein de si frequents sanglots?
A ne vous pas laisser vn moment de repos?
A vous auoir distraict des trauaux de la guerre,
Apres l'auoir portee aux deux bouts de la Terre?
Apres qu'on vous a veu partant d'exploicts diuers
Prest à faire Espagnol presque tout l'Vniuers?

LE PRINCE.

Ie blasme autant que vous ce changement extréme,
Ie m'en fais tous les iours le reproche à moy-méme;
Ie deteste l'ardeur dont ie suis consommé,
I'en suis confus, ma Sœur, mais auez-vous aymé?

THEODORE.

Mon sexe n'exclud pas de l'amoureux empire;

L'amour est absolu sur tout ce qui respire;
Mais aymant, ie voudrois garder le souuenir
Du rang où ie suis née, & que ie doy tenir.

LE PRINCE

L'Amour n'est point Amour qu'alors qu'il est extréme,
Et ne nous laisse point de pouuoir sur nous-mesme,
Luy pouuant refuser des hommages trop bas,
Ma Sœur, vous seriés libre, & vous n'aymeriés pas.
Quand vous blâmez l'ardeur dont vous m'entendés plaindre,
Doutés-vo⁹ des eforts que i'ay faits pour l'étaindre?
Combien i'ay combatu, combien i'ay resisté?
Mes plus sanglãts combats ne m'õt pas tant coûté.
I'ay destruit de trois Roys l'Empire tyrannique,
I'ay soumis la Grenade, & fait trembler l'Afrique,
Auec bien moins d'efforts que ie ne m'en suis fait
Pour m'arracher du cœur ce redoutable traict.
Mais il n'est honte, orgueil, ny loy qui ne destruise
Vn seul ressouuenir, vn seul penser d'Elise;
Et dans cette foiblesse il ne me souuient pas
Qu'il doiue estre pour moy de Sceptres ny d'Estats.

THEODORE.

Vostre ennuy dans mon cœur treuue tant de tẽdresse,

Qu'elle me met à bout de toute mon adresse,
Et me fait plaindre enfin l'amour que i'ay blasmé:
S'il faut aimer ainsi ie n'ay iamais aimé.
Mon Frere, ie l'auoüe, & ie suis assez vaine
Pour iurer à l'amour vne inuincible haine.
Le Roy vient, rappellez en ce cœur abbatu
En sa presence au moins vn moment de vertu.

SCENE II.

LE ROY, GARDES, LE PRINCE, THEODORE, CINTHIE.

LE ROY.

ET bien, vostre raison s'est-elle consultée,
Prince? & cette fureur s'est-elle vn peu dõptée?
Employez-y tout l'art que vous m'auez promis,
Vous estes le plus fort de tous vos ennemis,
Et de vostre valeur à soy-mesme opposee,
La victoire d'abord paroistra mal aisee;
Mais sauuez-vous l'estime où vous auez vescu;
Aussi-tost qu'on veut vaincre, on a presque vaincu.
Formez-vous le dessein d'vne grande victoire,
De son euenement ie vous promets la gloire;
Et comme il passera vos plus dignes exploits,
Ie vous ay de son prix desia promis le choix.
Ouy, mon Fils, & la foy qu'encor ie vous en donne
N'excepte de ce choix ny Sceptre ny Couronne.

Tentez cette tendresse où le sang me resout,
Oubliez vne ingrate, & me demandez tout.

LE PRINCE.

Ie suis vn lâche fils du plus genereux pere
Que la Terre soutienne, & le Soleil eclaire,
Si quoy que cet effort me dût couter le iour
Ie n'essaye la vengeance à cet excez d'amour :
Ouy, ie prendray, Seigneur, du tẽps & de moy-méme,
Des armes & du cœur pour ce combat extréme ;
Ie n'ose m'en promettre vn facile succez,
Mais i'ay deja vaincu mes plus boüillans accez ;
Et condamner ma flame, en rougir, & m'en plaindre,
Est déja quelque espoir de la pouuoir éteindre :
Mais si de cet amour ie puis forcer les loix,
Souuenez-vous du prix dont vous m'offrez le choix ;
Ie n'abuseray point de la preuue obligeante
D'vne force de sang pour moy trop indulgente,
Et mon ambition n'etendra point ce prix
Au delà des respects d'vn sujet, & d'vn fils.

LE ROY.

Ie ne reserue rien, & laisse à ma promesse
Toute son étenduë, & toute sa tendresse ;
Mais pour vous dégager d'vn si cuisant soucy,
Et meriter ce prix, n'exceptez rien aussi ;

Combattez de ce cœur qui force des murailles,
Qui vous soumet des Rois, qui gaigne des batailles,
Qui me donne en l'Europe vn si celebre rang,
Et ne laissez point voir de foiblesse en mon sang :
Ie sçay, mon Fils, qu'Elise à vos vœux fauorable,
Est vn objet charmant, & peut estre adorable :
Mais Elise craignant Dom Pedre pour Espoux,
Elise méprisante est indigne de vous ;
Et la mort d'vn Riual dont elle vous accuse,
De son ingratitude est vne indigne excuse.

SCENE III.

OCTAVE, LE ROY, Suite, LE PRINCE, THEODORE, CYNTHIE.

OCTAVE.

SIre, les Generaux au plus digne appareil
Que fut iamais triomphe éclairé du Soleil,
Sous vn ombrage épais des drapeaux de Valence,
Auec peine du peuple ont forcé l'affluence,
Pour venir, prosternez à vos pieds glorieux,
Décharger de lauriers leurs bras victorieux.

LE ROY.

Allons les receuoir; Prince, cette victoire
Sans vostre indigne amour vous auroit deub sa gloire.
Mais les voicy.

SCENE IV.

D. LOPE, D. FERNAND, D. SANCHE. LE ROY, LE PRINCE, THEODORE, OCTAVE, Suitte.

LE ROY.

Venez, magnanimes Riuaux,
Aux deux bouts de la terre estendre vos trauaux,
Illustres compagnons des belles auantures,
Par qui vos noms viuront dans les races futures,
Venez mesler aux miens ces inuincibles bras,
Fameux par tant de sang & par tant de combats.
Et vous, que sous ce poil l'Afrique encor reuere,
A Dom Fernand. *De ce genereux Fils digne & genereux Pere:*

Dom Fernand, prenez part auec tout l'Arragon
Aux succez dont son bras a signalé son nom.

DOM FERNAND.

Si ses trauaux, Grand Roy, sont de quelque merite
Ma main de vos bienfaits par la sienne s'acquite;
Et i'ay lieu de benir le moment fortuné,
Que pour vous le donner le Ciel me l'a donné.

LE ROY.

Comme par leur valeur le Ciel m'est si prospere,
Pour leur fortune aussi ie veux agir en Pere;
Et m'épuisant pour eux, eleuer leur renon
Aussi haut qu'ils ont mis la gloire d'Arragon.

DOM SANCHE.

Nous ne pouuions montrer vne valeur commune,
Guidez de vos Drapeaux & de vostre Fortune.

DOM LOPE.

Elle animoit nos bras, elle adressoit nos coups,
C'est combatre asseuré, que combatre pour vous.

LE PRINCE bas.

De quel triomphe, Amour, m'as tu rauy la gloire?

THEODORE bas.

Qu'vn Conquerant est beau paré d'vne victoire?

LE ROY.

Les Castillans, enfin, ont si mal defendu
Le droict que sur Valence Alphonse a pretendu,
Qu'vne infidelle Mer borne encor mon Empire?

D. LOPE.

Ouy, Seigneur, sous vos loix sa côte encor respire;
Dessous vôtre Etendard à peine déployé
De l'Hydre qui naissoit cent testes ont ployé:
D'abord Albe, Oropese, Alicant, Oriuelle,
N'ont point voulu tenir pour le party rebelle;
Et nous semblions, à voir les peuples accourir,
Visiter vos pays, plus que les conquerir:
Nos progrez n'auoient fait aucun sanglant spectacle,
Quand Alfachs de leur cours a commencé l'obstacle,
Où, sans estre enuieux, ie ne puis oublier
Ce que la Renommée a dû vous publier,
Que Dom Sanche, Seigneur, par sa haute entreprise,
Presque seul, & sans nous, à cette Isle conquise,
A le premier pris terre, & pour gaigner ces bords,
S'y lançant, a couuert le champ de tant de morts,
Essuyé tant de traits, & de cette contree,

Auecque tant de sang sceu s'applanir l'entree,
Que la frayeur qu'il mit au sein des Ennemis
Par cet vnique exploit a presque tout soubmis:
Mais, & de son adresse, & de son grand courage,
Valence, mieux qu'Alfachs, a rendu témoignage,
Ce qu'a fait ce grand Homme en ce celebre employ
Ne peut que par les yeux s'acquerir de la foy.

D. SANCHE.

Arrestez moins, amy, sur des sujets friuoles,
Et pour parler de vous, laissez-moy des paroles.

D. LOPE.

Je ne m'exprime pas comme vous meritez,
Mais sans faste & sans art ie dy des veritez.
Victorieux d'Alfachs nous crûmes de Valence
Deuoir sans differer attaquer l'insolence;
A ce noble projet aucun ne balança,
Nous resoluons le siege, & chacun s'auança.
Mais Gusman de Giron qui gardoit ses murailles,
Aimant mieux hazarder le destin des Batailles,
Assemble ce qu'il a de plus fameux soldas,
Sort & marche vers nous pour nous couper le pas:
De son camp approchant les sons nous réiouyssent,
Les cœurs moins resolus d'aise s'épanouyssent;
Déia d'vn noble orgueil, tous s'estiment vainqueurs,

Les fronts pleins de fierté promettent tous des cœurs,
Et l'vn & l'autre Camp plutost aux mains qu'en face,
Se dispute asprement la victoire & la place.
Ie ne vous peindray point l'image de l'horreur
Qu'y tracerent de sang la Mort & la Fureur,
Il suffit pour bien peindre vne guerre allumee
Qu'on estoit Espagnol en l'vne & l'autre armee;
Et que tantost poussans, & tantost repoussez,
Aucuns rangs de long-temps ne furent enfoncez:
Enfin ne pouuant plus voir la victoire en doute,
Et d'aucuns qui ployoient craignant nostre déroute,
Ce grand Homme inspiré d'vn genereux auis
Change auec vn soldat, & d'armes, & d'habis,
Et prenant cent des siens pour marcher à sa suite
Dans le Camp ennemy feint vne lasche fuite;
Couure d'vne infamie vne haute vertu,
Se feint comme le bras le courage abbatu,
Et demandant party coniure qu'on les rende
Aux pieds victorieux de celuy qui commande:
Arriuez à son char, Dom Gusman apprend d'eux
Des armes d'Arragon l'éuenement douteux,
Et que nez Castillans sous vn sort plus propice,
Ils viennent à leur Maistre immoler leur seruice:
Leur chetif equipage, & leur simple façon
Au sein du general ne iette aucun soupçon;
Par son soin seulement leur bande desarmee

Est mise

Est mise aux derniers rangs qui composent l'armee.
Où n'estans obseruez d'aucuns des Ennemis;
Et tirans de longs fers cachez sous leurs habis;
Auant qu'aucun vers eux pense à tourner visage;
Ils en font vn si prompt & si sanglant carnage,
Qu'au spectacle des morts dont ils ionchent le champ
Vne confuse horreur s'étend par tout le camp:
Sur les piles de corps dont ils prennent les armes,
Leurs cris iettent par tout de mortelles alarmes,
Et l'ennemy surpris d'vn accident si prompt,
Et reduit à combattre, & de queuë, & de front,
Fuit, s'écarte, s'empresse, & contre nostre attente
Laisse choir en nos mains la victoire flottante.
Dom Sanche en ce combat toujours au premier rang,
Tout couuert de sueur, de poußiere, & de sang,
Cherche où Gusman commande, y fait passage, y vole;
Et luy tranche la vie auecque la parole:
Sa mort est la derniere, & le coup qui l'abbat
Nous laisse l'auantage, & le champ du combat.

LE ROY au Prince.

O Dieu! quelle des deux merite plus d'estime,
Ou la valeur qu'il vante, ou la voix qui l'exprime?
Comte, pour m'acquitter comme il a combatu,
A quel prix mettrons-nous cette insigne vertu?

D. LOPE.

Quand Alsachs seroit sienne, &...

D. SANCHE.

Mes seruices, Sire,
Ont pour objet vn prix plus grãd que vôtre Empire;
Ne bornez point celuy que vous leur destinez,
Que leur suitte plus loin n'ait vos Estats bornez,
Et dans ce que Dom Lope a tû par modestie,
Oyez de nos progrez la meilleure partie.
Valance en ce combat, dont on luy fait rapport,
De sa rebellion n'arreste pas l'effort;
Elle a pour elle encor l'abry d'vne muraille,
Et veut qu'on tente vn Siege apres vne bataille:
La deffense en effet ne luy deffailloit pas,
Et ses murs enfermoient encor de bons soldats.
Les traicts qu'à nostre abord sa garnison decoche,
D'vne effroyable gresle en deffendent l'approche,
Où laissant auancer quelques audacieux,
Les font marcher à l'ombre & leur cachent les cieux,
Quand pour vn temps enfin cet orage s'appaise.
(Que d'Hannibal, Seigneur, Carthage icy se taise)
Et qu'aux Siecles futurs Dom Lope seulement
Excite de l'estime & de l'estonnement.
Ce grãd cœur, qui peut tout, quoy qu'il ose ẽtreprẽdre,

A fait des veritez des fables d'Alexandre;
Et par vne action qui ternit tous nos fais,
S'est acquis vne gloire à ne mourir iamais.
Impatient qu'il est de l'espoir, des Rebelles
Il ordonne l'assaut, fait planter les eschelles,
Et voyant quelque temps nos gens deliberer,
Au mespris des dangers qu'il auoit à parer,
Mõte, vole aux creneaux, s'en rẽd maître, s'y plãte,
Au sein des ennemis y iette l'épouuante;
Reçoit dans son écu les traicts de toutes parts,
Et des plus asseurez estonne les regards:
De ces gresles de traicts sa suitte trauersée,
Des premiers eschelons trebuche renuersée;
Et seul aux yeux d'vn peuple & d'vn camp étõné,
Comme dans vn desert il semble abandonné.

LE ROY.

O genereux Riuaux, qu'auec droict la fortune
Vous partage ses vœux, & vous est si commune!

D. SANCHE.

Au point que par des cris aussi tendres que vains
Nous l'appellions à nous & luy tendions les mains,
Les fossez se comblans de mille funerailles,
Il se precipita dans l'enclos des murailles,
Incertain d'y perir & treuuer son tombeau,

Par la main d'vn soldat ou celle d'vn Bourreau,
Puisque sans vn grand heur cette cheute inouye
Vif le pouuoit liurer à la ville ennemie;
Mais par vn heur insigne en s'y precipitant
Il tomba sur ses pieds, & s'y tint combattant:
Enfin parmy cent morts dont il couurit la place,
Vn dard par vn defaut où ioignoit la cuirasse,
L'atteignit au costé d'vn coup si violant,
Que le genoüil ployé, pâle, froid, & sanglant,
Ne pouuant s'arracher l'arme qui le trauerse,
Sans force, & comme mort sa douleur le renuerse,
Le Soldat qui auec droit ce coup dût animer,
Raui d'vn tel succez court pour le desarmer,
Iette les armes bas, croit l'aborder sans peine,
Et qu'en l'estat qu'il est la preuoyance est vaine;
Mais sa main ose à peine approcher de son corps
Que ce Mars expirant ramassant ses effors,
Pendant qu'à cet office il la sent occupée
Au flanc qu'il treuue nud luy plante son épée;
Lors d'vn lieu mal gardé surprenant le defaut,
Nous en gagnons l'accez par vn nouuel assaut;
Et faisant, sans égard ny de sexe, ny d'âge,
De la ville effrayée vn horrible carnage,
Arriuez au secours de ce Heros mourant,
L'enleuons de ce lieu froid, & presque expirant:
Enfin, par le bonheur qui suit vostre Couronne

Et contre nostre espoir le Ciel vous le redonne,
Ne peut priuer la Cour d'vn si brillant éclat,
Et vous rend auec luy le repos de l'Estat.

LE ROY embrassant D. Lope.

O glorieux vassal! quelle reconnoissance
Peut icy m'affranchir du deffaut d'impuissance?
Luy puis-je offrir vn prix à sa vertu pareil?
Dom Sanche, sur ce poinct i'attens vostre conseil.

D. SANCHE.

Sire, pour regaler ce prix à son merite;
Vous possedez trop peu, l'Espagne est trop petite;
Mais la gloire qu'on treuue à faire son deuoir,
Est le prix des trauaux qui n'en peuuent auoir.

LE ROY.

Deux cœurs d'vne valeur telle & si peu commune
Sont les plus chers presens que m'ait fait la fortune;
Auec vostre secours ie puis tout conquerir,
Et ne puis trop donner à qui peut tout m'offrir:
Tous deux quoy qui vous rie, & quoy que ie hazarde,
Souhaitez seulement, & l'effect me regarde.

D. LOPE.

I'ose aspirer plus loin que ie n'ose esperer,

Mais, Seigneur, mes souhais se pourront moderer,
Ou par d'autres effects, & par d'autres conquestes,
Pour ma bouche, mon bras vous fera des requestes.

D. SANCHE.

Et ie feray pour moy parler d'autres trauaux.

THEODORE.

Quelle gloire eut iamais de plus dignes Riuaux!

LE ROY.

Ie me doute à quel prix & l'vn & l'autre aspire:
Princesse, apprenez d'eux ce qu'ils ne m'osent dire,
Ils s'ouuriront à vous auecque moins d'effort,
Et nous en resoudrons dessus vostre rapport;
Laissons-les, Prince; Et vous, souffrez leur conference
Fernand.

LE PRINCE.

Vous ne pouuez borner leur esperance;
De tels trauaux, Seigneur, ne peuuent s'acquitter,
Et le Royaume entier ne les peut acheter.

SCENE V.

THEODORE, D. LOPE, D. SANCHE.

THEODORE.

ET bien, nobles vangeurs de l'orgueil de Castille,
Craindrez-vous de parler à l'aspect d'vne Fille?
Ou la discretion qui tait vôtre dessein
Osera-elle enfin le verser en mon sein?
Faites-vous des destins que rien ne puisse abatre,
Et sçachez triompher aussi bien que combatre;
Et quoy! si genereux quand vous executez
Vous n'osez souhaiter mesme estans inuitez?

D. SANCHE.

Dom Lope a plus de droit aux fruis de la victoire.

D. LOPE.

Dom Sanche y peut pretendre auecque plus de gloire.

D. SANCHE.

Tout le succez du siege à son courage est dû.

D. LOPE.

Et sans luy du combat le champ estoit perdu.

D. SANCHE.

Son sang y fut versé.

D. LOPE.

Le sien prest à repandre.

D. SANCHE.

Je crain de trop oser

D. LOPE.

Je crain de trop pretendre.

D. SANCHE.

L'Estat n'a point pour vous de prix trop signalé.

D. LOPE.

Je pourray m'expliquer quand vous aurez parlé.

THEODORE.

Quoy! Comtes, vous tremblez, & i'impose silence
Aux deux Cids d'Arragon, aux vainqueurs de Valance!

D. SANHCE s'en allant, & saluant D. Lope.

Seul, ie viendray vous dire à quel heur ie pretends.

D. LOPE s'en allant.

I'en vseray de mesme, & prendray mieux mon tẽps.

THEODORE seule.

J'apprends trop quel dessein l'vn & l'autre respire,
Ils m'én disent assez en ne m'osant rien dire:
Méme valeur, méme heur, & méme ẽploy les ioint.
Mais vn cœur engagé ne se partage point.

Fin du second Acte.

ACTE

ACTE III.

SCENE PREMIERE.

D. SANCHE seul derriere les murs du Palais, tenant deux épées, vne nuë, & l'autre au fourreau.

TYRAN, ie t'obeïs, & i'attens pour te plaire
Dessus le champ d'honneur mon aimable Auersaire,
Conseiller inhumain, Monarque sans pitié,
Amour, autheur de haine, ennemy d'amitié,
Qui ne peux t'assouuir de sang & d'homicides,
Et qui veux seul regner aux lieux où tu presides;
Et bien, il faut chercher par ton decret fatal,
Au sein de mon amy le sang de mon Riual.
Le voici; quel combat en ce malheur extréme
Auãt qu'en estre aux mains ie rens cõtre moy-méme!
Et qu'on s'excite mal sans haine & sans couroux!

SCENE II.

D. LOPE, D. SANCHE.

D. LOPE.

LE Ciel vous fauorise.

D. SANCHE.

Et le sort vous soit doux.

D. LOPE.

Me rends-je assez à temps où vostre ordre m'appelle?

D. SANCHE.

Trop tost, pour me conter vne douleur mortelle,
Dont ce trouble vous doit estre vn signe apparent.

D. LOPE.

D'où procede ce trouble? auons-nous different?

D. SANCHE.

Ouy, Comte, nous l'auons.

D. LOPE.

De quoy?

D. SANCHE.

De jalousie.

D. LOPE.

C'est vn grãd mal, Seigneur, quãd l'ame en est saisie,
Et vous n'en venez point à cette extremité,
Sans vn ferme dessein, & long-temps concerté.

D. SANCHE.

Assez, pour n'en point perdre en de vaines paroles.

D. LOPE.

N'examinõs donc point, puis qu'elles sont friuoles,
Le suiet qui nous met les armes à la main.

D. SANCHE luy donnant vne espee nuë.

Ce fer vous l'apprendra s'il peut m'ouurir le sein.
Le reconnoissez-vous?

D. LOPE regardant l'espee.

Ouy, Comte, cette espée
Tousiours auec succez par ce bras occupée,

Où ie l'ay fait briller a sceu ietter l'effroy;
Elle a donné des rangs & des tiltres au Roy;
Elle m'a fait vn nom assez considerable,
Et sans la vostre enfin seroit peu comparable:
Vn malheur m'en priuoit, vous la reconnoissez,
Elle m'instruit pour vous, & vous explique assez,
Elle vient à propos m'apprenant mon offence
Vous en faire raison, & prendre ma deffence.

DOM SANCHE.

Tout blessé que i'en suis i'en plaindrois peu le coup
Et mō sang vaut trop peu pour le plaindre beaucoup;
Mais elle a pretendu m'oster plus que la vie,
Et la mienne ne peut luy souffrir cette enuie;
Non, que le haut credit où ce fer vous a mis
Ne me deust...

DOM LOPE.

Hé de grace espargnez vos amis;
Car enfin ce combat n'excite point ma haine,
Et de nostre amitié ne rompra point la chaine.
Pour le moins de ma part ie vous répond d'vn cœur
Qui ne vous hayra ny vaincu ny vainqueur.

D. SANCHE.

De mesmes sentimens font que ie desespere
De voir ce bras armé contre vne main si chere.

Mais ie suy de mon sort l'inéuitable arrest.

D. LOPE.

Ne consultons donc point, vuidons-en l'interest.

SCENE III.

D. FERNAND, D. LOPE, D. SANCHE.

D. FERNAND au milieu d'eux.

TReve, illustres Guerriers, quelles loix rigoureuses
Portent à ces discords vos ames genereuses?
Quel different, cruels, suscitant ce combat
Diuise contre soy les forces de l'Etat?
Rend de si chers amis de mortels Auersaires?
Et des deux bras d'vn corps fait deux partis cõtraires?
Moüillerez-vous de sang ce triomphe fameux
Qu'vn seul & méme employ vous aquiert à tous deux?
Quoy! Comte, quoy! mon Fils, ces fameuses espees,
En méme occasion si souuent occupées,
Dont le commun effort, & le fer rencontré
Dans vne mesme playe est si souuent entré,

Et que mesme valeur, & pareille fortune
En deux bras differens n'ont si souuent fait qu'vne,
Elles dont la furie, & les effors vnis
Desertant la Grenade en ont peuplé Thunis,
Ces ramparts de l'Etat, ces mouuantes murailles,
Ces nobles instrumens de tant de funerailles,
Qui tant de fois ont fait de leur zele indomté
Vne fidelle preuue à l'infidelité,
L'vne à l'autre opposee ont rompu l'alliance
Où l'Arragon fondoit toute sa confiance?
Et s'efforcent d'oster par vn mesme attentat
Deux Fauoris au Prince, & deux bras à l'Etat?
Sans crime, pouuez-vous écouter la furie
Qui veut de ses appuis priuer vostre Patrie?
Et pour quelques raisons qui vous puissent armer
Verser le meilleur sang qui la puisse animer?
A-elle quelque part dedans vostre querelle?
Et deuez-vous combatre, & mourir que pour elle?
Si mon sang me promet quelque respect d'vn fils,
Vostre ieunesse en doit, Comte, à mes cheueux gris:
Si vous refusez donc vos iours à vostre Prince,
A l'amour du pays, aux vœux de la Prouince,
Que par quelque respect i'aprenne aux moins de vous
Le sujet de ma crainte & de vostre couroux.
Si c'est vn different ou d'amour, ou de gloire,
I'en puis estre l'arbitre, & vous m'en deuez croire;

De cet aueugle enfant i'ay ressenti les loix,
Et ie n'ay pas sans fruit vieilly sous le Harnois:
Si dedans ce combat l'honneur vous interesse
C'est moy qui vous y porte, & moy qui vous en presse,
Vous engageant l'estime où i'ay toujours vecu
D'assister le vainqueur, & plaindre le vaincu,
Et de ne point mesler les drois de la Nature
Parmy vostre triomphe où vostre sepulture.

D. SANCHE.

Auant qu'armer ce bras ie me suis combatu
Auec tous les efforts de ma foible vertu,
Et le Ciel m'est témoin que pour vne conqueste
Qui d'vn bandeau Royal deuroit orner ma teste,
Ie n'aurois pas conceu le funeste dessein
Qui nous met auiourd'huy les armes à la main?
Mon Ennemi m'est plus qu'vn trône & qu'vn Empire,
Ie donnerois pour luy le iour que ie respire,
Et l'amour qui m'a fait ce noble concurrent
Pouuoit seul entre nous former ce different:
Si ie m'ose expliquer, vous aurez peine à croire
A quel prix mon orgueil veut mettre ma Victoire,
Et vous condamnerez l'ambitieux projet
Que l'amour a formé dans le cœur d'vn suiet,
Vous tremblerez au nom de l'obiet que i'adore;
Theodore, mon pere ....

D. FERNAND.

O Dieu! The....

D. SANCHE.

Theodore,
Ce charme de cent Rois, ce miracle amoureux,
La parole est lâchée, est l'objet de mes vœux.
Cette presomption a surpris vostre attente!

D. FERNAND.

I'ay lieu d'estre surpris; Theodore! l'Infante!

D. SANCHE.

Si vous l'estes si fort, vous auez oublié
Ce que si hautement son pere a publié;
Qu'irrité du refus qu'Alphonse de Castille
Pour gage de la paix auoit fait de sa Fille,
Il fermeroit l'oreille aux autres Potentas,
Et prendroit alliance en ses propres Etas:
S'il est ainsi, quel sang touche plus la Couronne
Que celuy de Moncade, ou celuy de Cardone?
Quels bras meritent mieux d'en estre le soutien
Que celuy de Dom Lope, ou le vostre & le mien?
Enfin laissons l'Empire, & parlons de l'Infante;
I'ay voüé tous mes soins à cette noble attente,

Les charmes de ses yeux bien plus chers que son rãg,
M'ont fait à leur poursuitte exposer tout mon sang;
Et quand d'vn faux espoir ma vanité flattée
Ne doute plus d'attaindre où mes vœux l'ont portee,
Ie treuue par vn sort à cet espoir fatal,
En mon plus cher Amy, mon plus fascheux Riual.
Hier, apres qu'vne nuit sans Lune & sãs Etoilles,
Eut caché le Soleil dans ses plus sombres voiles,
Passant sous le Balcon, où cet Astre d'Amour
Peut dés plus noires nuits enclorre vn si beau iour,
Vn homme par haZard trouué sous sa fenestre,
Qu'en cette obscurité ie ne pus reconnestre,
S'en tirant, me heurta, peut-estre sans dessein,
A l'instant, vn peu prompt j'eus l'espee à la main,
Et trop imprudemment poursuiuant sa retraitte,
Payay d'vn coup au bras cette ardeur indiscrette.
Apres quelque deffense où ie l'auois forcé,
J'oy tomber de ses mains le fer qui m'a blessé,
Et le cherchant en vain dans vne nuict si sombre,
Jl m'éuite, s'écarte, & s'égare dans l'ombre:
Me retirant enfin, & treuuant sous mes pas,
Ce fer moüillé du sang qu'il m'a tiré du bras,
Ie l'emporte, & cheZ moy ie reconnois l'espee,
Qu'en tant d'occasions tant de sang a trempee,
Et qui si glorieuse en son dernier employ,
A si bien soustenu la gloire de son Roy.

Enfin ne doutant plus aprés cette auanture
De ce que ie sçauois déja par coniecture,
Et deuant vn effort à cet illustre Amour,
Qui m'ostast vn Riual, ou qui m'ostast le iour,
I'ay tenté ce combat, & crû que la victoire
En mettroit nostre estime à sa plus haute gloire,
Et que ce que nos bras ont fait de plus fameux
N'egaloit pas l'honneur de vaincre vn de nous deux.

D. LOPE.

Pour vous faire en deux mots lire au fonds de mõ ame,
Et ne rien déguiser d'vne si belle flame,
Rare honneur de Moncade, & gloire d'Arragon,
Et vous digne heritier, & du sang, & du nom,
Quoy que les yeux diuins, dont le feu me consomme,
Soient des objets trop hauts pour les regars d'vn Hõme,
Que ce soit trop oser que de deliberer,
Si sans leur faire injure on les peut adorer,
Et que ie tremble enfin au nom de Theodore,
Innocent, ou coupable, il est vray, ie l'adore.
Hier, cet aueugle Amour osant guider mes pas,
Vers l'inuincible Amant qu'ont pour moy ses appas,
Et d'abord entendant du bruit sous sa fenestre,
Car dans l'obscurité ie ne vous pus connestre;
Mon respect m'en chassoit, mais ce respect fut vain,
Nous eûmes differant, ce fer chut de ma main,

Et la crainte de voir ma flame découuerte,
Me fit à sa recherche en preferer la perte:
Enfin, ce mesme fer par vn destin fatal,
Nous ayant à chacun appris nostre riual,
Malgré nostre amitié que rien ne peut dissoudre;
Nous voici sur le champ, qu'y deuons-nous resoudre?
Si l'on doit rien resoudre en des lieux où l'honneur
Fait arbitres de tout l'adresse & le bonheur.

D. FERNAND.

Si vous auez pour but ces adorables charmes,
Vn si noble interest est digne de vos armes:
Mais quelle confiance osez-vous conceuoir,
Que l'on les authorise & souffre vostre espoir?
Et s'il doit estre vain, quelle aueugle furie
Vous fait sans interest hazarder vostre vie?
Mais peut-estre l'Infante, accessible à vos vœux
Ou souffre l'vn de vous, où vous souffre tous deux;
Pouuans, & l'vn & l'autre esperer de luy plaire,
Pourquoy la priuez-vous du choix qu'elle doit faire?
Où déja l'vn de vous luy plaisant en effect,
La deuez-vous priuer du choix qu'elle en a fait?
Si ce choix entre vous met quelque difference
Au plus heureux des deux souffrez la preference;
Ou si dans son amour son cœur indifferent
Vous en laisse entre vous vuider le different;

Alors tentez le ſort, & mettez en vſage
Tout ce que vous auez d'adreſſe & de courage.
Mon ſang, quoy que glacé, me laiſſe aſſez de cœur
Pour voir voſtre combat, & ſeruir le vainqueur,
Pour eſtre voſtre Iuge en cette ardeur commune,
Et prendre le party que tiendra la Fortune.

D. LOPE.

Ie me rẽds où Dom Sãche & l'honneur m'õt mandé,
Je ne doy prendre loy que de ſon procedé:
S'il doit quelque reſpect aux ſentimens d'vn Pere,
S'il y veut deferer, i'y ſouſcris, i'y defere,
Ou s'il faut à l'inſtant en vuider l'intereſt,
Mon cœur ſe fait effort, mais le bras eſt tout preſt,
Et mettra tout ſon art à garantir d'outrage
Vn cœur où Theodore a graué ſon image.

D. SANCHE.

Allons, mon Pere, & vous Riual trop genereux,
Voir ſur ce differend ce miracle amoureux;
Si noſtre amour doit plaire ou bien eſtre importune,
Conſultons noſtre heureuſe ou mauuaiſe fortune:
Puis que le Roy l'ordonne, allons à ſes genoux
Répandre les aueux qu'elle exige de nous;
Et ſi l'indiference où nous verrons ſes charmes,
Nous en laiſſent vuider l'intereſt par les armes,

Sans plus deliberer immolons sans pitié
Aux droits de nostre amour ceux de nostre amitié.

D. FERNAND.

Lors mes empeschemens n'y mettront plus d'obstacle.

D. LOPE.

Allons, cher ennemy, consulter nostre Oracle,
Et sçauoir quel Arrest reglera nostre sort.
Mais le Prince nous cherche, euitons son abord.

SCENE IV.

LE PRINCE venant d'vn costé, ELISE, LVCIE de l'autre.

ELISE.

MOn Frere a different, & Dom Sanche l'appelle!
Helas! de qui tiens-tu cette triste nouuelle?

LVCIE.

Toute la Cour en parle, & d'vne & d'autre part
La publiant si haut, la sçauez-vous si tard?

Voyez, sous quels respects leur haine s'est gardee;
Mais s'ils n'ẽ sont aux mains, l'afaire en est vuidee;
Et si ce bruit encor n'est venu iusqu'à vous,
C'est...

LE PRINCE.

Madame, où dit-on le lieu du randés vous?

ELISE.

Je ne l'ay point appris, mais, Seigneur, cette peine
Ne vous doit point toucher, puis qu'elle seroit vaine:
Sans de iustes suiets & d'importans desseins,
Deux cœurs si genereux n'ẽ viẽnẽt point aux mains;
Et quelque empeschement que vos soins leur destinẽt
Si leur querelle est iuste, il faut qu'ils la terminẽt.

LE PRINCE.

Vous m'en iugez indigne, insensible beauté,
Vn seruice en mes mains pert cette qualité;
D'vn bras qui vo⁹ deplaist vous craignez l'assistãce,
Et quand nous hayssons, qui nous sert nous offence:
Vous fuyez mon secours pour m'en oster l'espoir;
Vous refusez mes soins pour ne m'en point deuoir,
Et ie voy qu'vn malheur aussi long que ma vie,
Sera l'vnique fruict de vous auoir seruie.

ELISE.

Pour le faire cesser vous devriez m'en punir,
Et chasser son objet de vostre souuenir.

LE PRINCE.

Vos charmes malgré vous conseruent vostre Empire,
Et toutes vos rigueurs ne le sçauroient détruire.

ELISE.

Ie le détruis assez, n'en voulant point vser.

LE PRINCE.

Par l'espoir d'vn plus grand vous le devriez priser.

ELISE.

Vn sceptre à mon égard a peu de priuilege,
Vostre espoir est bien vain s'il n'a point d'autre piege,
Et vous deshonorez les titres absolus
Que vostre amour m'offrant expose à mes refus;
Car enfin s'il vous faut parler d'vne ame ouuerte,
Rien ne peut d'vn Amant me reparer la perte,
Et tant que durera la course de mes iours
Ses blessures au cœur me saigneront toûjours:
Ne vous flattez point, Prince, vne grande fortune,
Agit auec succez sur vne ame commune;

Mais, & de cet aveu profitez desormais;
La mienne est d'une force à ne fléchir iamais:
Vous vous pourriez soumettre autant de diadémes,
Qu'il est en l'Vniuers de Puissances suprémes,
Que tout ce grand pouuoir & cette authorité
Ne s'étendroient iamais dessus ma liberté,
Ne vous repaissez point de vaines esperances,
N'attendez rien du temps, rien de vos deferances,
Rien de tous les mépris que vous pouuez souffrir,
Ny rien de tous les vœux que vous pouuez m'offrir:
Theodore sort. *Ils ne vous produiroient qu'une inutile attente,*
Et qu'une auersion plus forte & plus constante;
Elle s'en va superbement. *Vous estes insensible, ou vous faisant raison*
Vous deuez oublier de moy iusqu'à mon nom.

SCENE V.

THEODORE, CINTHIE, LE PRINCE.

THEODORE.

CEtte Fille, mon Frere, est bien dissimulee,
Ou ie voy vostre attente encor fort reculee,

Et par

Et par ce qui paroiſt du progrez de vos vœux,
S'il eſt fort auancé vous feignez bien tous deux.

LE PRINCE.

Vous voyez de quels fruicts ma foibleſſe eſt ſuiuie,
Son extréme rigueur me couſtera la vie;
En vain tous mes penſers s'arment contre ma foy;
I'ay beau deliberer, i'ay beau promettre au Roy,
I'ay beau, ma chere Sœur, me promettre à moy-meſme,
Plus ie la veux hayr, plus ie ſens que ie l'ayme;
Quelqu'effort que i'employe, il ne me produit rien;
Et ie ne puis dompter ny mon cœur ny le ſien.

THEODORE.

Ces tranſports ne ſont bons qu'à des ames vulgaires.

LE PRINCE.

Ie delibere aſſez mais n'execute gueres;
Mais pendāt que l'ardeur d'vn genereux couroux
Tentera cet effort, i'en demande vn de vous:
Que ſi, comme le ſort en regarde peu d'autres,
Dom Lope oſe hauſſer les yeux iuſques aux vôtres,
Vous traittiez ſon amour de la meſme douceur
Que mes ardans tranſports ſont traittez de ſa ſœur.

THEODORE.

Quoy! Prince, vous croyez....

LE PRINCE.

Doutez-vous que vos charmes
Ne soient & le motif & l'objet de leurs armes?
Et le Roy dans sa cour vous cherchant vn Epoux
Y peut-il faire choix d'vn plus digne de vous?

THEODORE.

Ie sçay combien Dom Lope a seruy la Couronne;
Mais le puis-je hayr, si le Roy me le donne?

LE PRINCE.

Non, mais par quelques traits d'vne feinte rigueur
Luy faire auprez de vous besoin de ma faueur,
Et feindre pour Dom Sanche vn peu plus de tendresse;
Vostre sexe en cet art ne manque pas d'adresse?

THEODORE.

Je ne vous cele point que vous m'embarassez;
Mais vous me l'ordonnez, mon Frere, & c'est assez.

LE PRINCE s'en allant.

Ils vous cherchent, Adieu.

SCENE VI.

D. SANCHE, D. LOPE, THEODORE, CYNTHIE.

D. SANCHE.

Madame.

D. LOPE.

Ma Princesse.

D. SANCHE.

Qui vous retient la voix?

D. LOPE.

Mon respect vous la laisse.

D. SANCHE.

Ce respect vous est dû s'il se doit obseruer.

D. LOPE.

Vous auez commencé, c'est à vous d'acheuer.

D. SANCHE.

D'autres respects encor me forcent au silence.

D. LOPE.

Ils exercent sur moy la méme violence.

D. SANCHE.

Madame, obligez-le...

D. LOPE.

Madame, ordonnez-luy.

THEODORE.

Quoy! toujours si vaillans vous tréblés aiourd'huy?
Portay-je dans les yeux des traits si redoutables,
Qu'ils iettent la frayeur en des cœurs indomptables?

D. SANCHE.

Ouy, Madame, & la guerre en ses pl^9 grãds hazars
Est moins à redouter qu'vn seul de vos regars;
Aussi confessons-nous que iamais le tonnerre
Pour vn plus haut orgueil n'a menacé la terre;
Que celuy, dont l'aueu que le Roy veut de nous,
Interdits & tremblans nous iette a vos genoux.
L'obiet de nos trauaux & de nostre vaillance,
N'étoit, Grãde Princesse, Albe, Alfachs ny Valãce:
Vn bien plus noble espoir nous auoit animez,
C'estoit pour ces beaux yeux que nous estions armés;

C'estoit pour vostre gloire, & pour vostre conqueste
Que ce cœur & ce bras hazardoient cette teste;
Et pour le mesme obiet, Dom Lope a surpassé
Tout ce qu'à veu son Siecle, & qui l'a deuancé.
Dans la noirceur de l'ombre, hier sous vostre fenestre,
Nostre commune ardeur commença de paroistre,
Et s'osant disputer vn si riche thresor,
Il m'en couta du sang dont ce bras seigne encor.
Et sur le point enfin d'en vuider la querelle,
Par vn tragique effet d'vne cause si belle,
Nous auons estimé deuoir par vostre Arrest
Terminer vn si cher & si noble interest;
Et suiuant les conseils qu'apres nous devrons suiure,
En prendre le dessein de mourir ou de viure.
Ah Comte à quel effort m'auez-vous obligé?

CYNTHIE.

Leur choix n'a point trompé, le Roy l'a bien iugé.

THEODORE.

Apres & l'agrément & l'aueu de mon Pere,
Celuy que ie reçoy ne me sçauroit deplaire,
Ie puis en faire estat sans blesser mon deuoir,
Et ne repugne point à souffrir vostre espoir:
Mais sans vn autre aueu mon amour n'ose naistre,

Mon cœur se declarer, ny mon choix vous paroistre;
Mon empire estant libre establira ses loix,
Mais i'attendray du Roy la liberté du choix.
Cependant i'ay regret, Comte, qu'vne auanture
Où i'ay tant d'interest, vous couste vne blessure.
Elle donne vne Echarpe à Dom Sanche. *Vne Echarpe est bien deuë au seruice d'vn bras,*
A qui l'on a cousté du sang & des combats,
Tenez, Dom Sanche,

D. SANCHE.

O Ciel! quel sang, Grande Princesse,
Vous peut-on à ce prix donner sans allegresse?

D. LOPE à part.

O faueur! ô present à mon esprit fatal!
L'infidele à mes yeux obliger mon Riual!
Et m'auoir abusé d'vne si vaine attente!
O sexe dangereux, & Princesse inconstante!

THEODORE.

Remenez-moy, Dom Lope, adieu Comte.

D. LOPE.

O mon cœur!
Cessons de murmurer apres cette faueur:
Ie me suis plaint trop tost, sa main auec vsure

Du present qu'elle a fait me repare l'iniure. Ils sortent.

D. SANCHE seul.

Ie crain qu'on ne me ioüe, & que ma vanité
De l'honneur de ses vœux ne m'ait trop tost flaté.
Quel bizarre destin peut faire qu'en mesme heure
Et presque en mesme instãt vn espoir naisse & meure?
Le presant d'vne Echarpe à tort m'a fait si vain,
Et l'on promet bien plus quand on donne la main.
Enfin plus ie t'écoute, ô raison importune,
Et moins i'ose esperer de ma bonne fortune.
Il faut vaincre ou mourir en vn dessein si beau,
Et l'amour doit m'ouurir son cœur ou le tombeau.

Fin du troisiesme Acte.

ACTE IV.

SCENE PREMIERE.

D. LOPE, ELISE, LVCIE.

ELISE.

NON, non, ie ne hay pas l'éclat d'vne couronne,
Mais ie ne puis souffrir la main qui me la donne;
Elle a mis tous mes vœux dedans le monumant,
Elle degoute encor du sang de mon Amant;
Et tout ce que l'Europe a de pouuoirs suprémes,
Et toute la splendeur qu'en ont les diadémes,
N'auront iamais, mon Frere, assez d'éclat pour moy
Pour tarir ny secher les pleurs que ie luy doy.

D. LOPE.

D. LOPE.

Mais ces larmes, ma Sœur, destruisent vne attẽte
Qui m'approche du Throsne, & me promet l'Infante,
Vostre seule rigueur m'en retarde l'Arrest;
Si vous n'aimez le Prince, aimez mon interest.

ELISE.

Quelques pressans deuoirs où le sang m'interesse,
En cette occasion pardonnez ma foiblesse,
Ie ferois tout pour vous iusqu'à perdre le iour,
Hors de l'aller prier, & souffrir son amour.
Ie vous verrois sans ioye ou regir la Prouince,
Ou iouyr des douceurs que vous tiendriés du Prince.
Ce redoutable bras dont vous auez seruy
Ce cœur, depuis trois ans à l'Infante asseruy,
Et ce sang tant de fois versé pour sa querelle,
N'ont-ils rien fait pour vous, ayant tant fait pour elle?
Et si le Roy luy cherche vn Epoux dans sa Cour,
Peut-il ietter les yeux que dessus vostre amour?
Ie sçay qu'auec plaisir l'Infante vous escoute,
Qu'entre vous & Dom Sanche, elle n'est point en doute;
Et que l'eslection qu'ont faite ses appas,
Differe à s'expliquer, mais ne balance pas.

Complaisante à son Frere, elle vous le fait craindre,
Mais croyez qu'en son ame elle a peine de feindre,
Qu'il fait contre ses vœux des efforts superflus,
Et ne m'obligez point à vous en dire plus.

D. LOPE.

Vous auez peu de cœur, & i'en voy peu de preuue,
Si dedans vostre sein le Prince ne le treuue;
Et si vous ne mettez dedans vostre maison
Par vn si grand hymen le Sceptre d'Arragon.

ELISE.

Ie prouue mieux mon cœur en desdaignant vn Prince,
Que vous ne l'auez fait gaignant vne Prouince:
Ne mettez point en nous tant d'inegalité,
Et ne disputons point de generosité.
Ce vous est de mon cœur vne assez digne preuue,
Que iamais dans mon sein le Prince ne le treuue,
Et ne contracte point dedans nostre maison
Vn hymen que i'abhorre auec trop de raison.

D. LOPE.

O Fille, indigne sang des glorieux Ancestres
Dont la race à l'Espagne a tant donné de Maistres!

ELISE.

La Guerre & ses fureurs vous ont elles appris
A traitter vne Sœur auec tant de mespris?

D. LOPE.

La Cour & ses douceurs vous ont elles instruitte
A d'ingrattes rigueurs d'vne si longue suitte?

ELISE.

Comte, insensiblement i'aigry vostre couroux;
Adieu, c'est trop combatre vn guerrier tel que vous,
Qui tout boüillant encor d'vne grande victoire,
A combatre vne Sœur doit treuuer peu de gloire. Elle sort auec Lucie.

D. LOPE seul.

De qui peux-tu, ma flame, implorer la faueur?
Si ie tente sans fruict le secours d'vne Sœur,
Et si d'vne response & si nuë & si franche,
Elle peut reietter.... Mais que me veut Dom Sanche?
Le front n'en marque pas vn esprit satisfait.

SCENE II.

D. SANCHE, D. LOPE.

D. SANCHE.

AVez-vous bië receu l'accueil qu'on nous a fait?
Comte, ce terme pris pour nous ouvrir son ame
Est-il bien compatible auecque vostre flame?
Et pouuons-nous treuuer dedans ce traittement
A nos communs desirs quelque éclaircissement?

D. LOPE.

C'est beaucoup, cher Amy, que d'vn objet si rare
En faueur de nos vœux la bonté se declare,
Et laisse du bonheur qu'obtiendra l'vn de Nous
Tous les Roys de l'Europe enuieux ou ialoux:
Mais dans son cœur encor mon Amour ne voit
goute,
Son accueil partagé partage encor mon doute,
Et ie ne puis asseoir de iugement certain
Sur le don d'vne Echarpe ou celuy de sa main.
La Raison de ce choix deuant estre l'arbitre,

Vous en seriez l'obiet à bien plus iuste tiltre:
L'Infante de vos vœux ne pourroit s'excuser,
Mais l'Amour est aueugle & se peut abuser.

D. SANCHE.

Il vous prefereroit, s'il vous faisoit justice;
Mais comme il ne voit goute, il fait tout par caprice,
Et dans l'obscurité qu'il laisse à nostre espoir,
Sur ce doute commun ie reuenois vous voir:
C'est la condition, Comte, de nostre tréve,
Que ce doute restant nostre combat s'acheue.
Le cœur de Theodore encor indiferent,
Nous laisse en liberté vuider ce different:
Il faut pour cet hymen vne grande victime,
Et nous ne pouuons mieux meriter son estime,
Ny moins douteusement nous asseurer son cœur,
Que si de l'vn de nous l'autre reste vainqueur.

D. LOPE.

L'attente est importune, & méme ardeur me presse.

D. SANCHE.

Voyons donc.

DOM LOPE.

Mais du Roy la deffence est expresse,

Et daignant pour sa fille authoriser nos vœux,
Et nous laisser l'espoir qu'il nous souffre à tous deux,
Vous sçauez...

D SANCHE.

Ouy, ie sçay qu'il a proscrit la teste,
Qui commettroit au bras l'heur de cette conqueste;
Il remet à l'Infante à vuider ce debat,
Et d'vn empire exprez nous deffend le combat.
Mais....

D. LOPE.

Mais ignorons nous en ce boüillant caprice
Auec quelle rigueur procede sa justice?
Qui marchant tousiours droitte, tousiours égalemẽt,
N'a iamais menacé, ny promis vainement?
Deuõs-nous, quelque ardeur dont l'amour no' cõuie,
Exposer nostre amour auecque nostre vie?
Quel sera le succez que nostre amour pretend,
Si du champ du combat l'Echaffaut nous attend?
Sa deffence...

D. SANCHE.

Où l'Honneur & l'Amour s'interessẽt
Toutes loix, tous respects, toutes deffences cessent.
Quand la fureur du Roy seroit à redouter,

Ce que nous poursuiuons nous peut-il trop coûter ?
Et ne vaut-il pas mieux que nostre amour s'exprime
Par vn si beau peril, & par vn si beau crime,
Qui de nos sentimens marque toute l'ardeur
Que par vn mol respect qui sente sa froideur ?
Mais ce que font les Rois pour imprimer des craintes,
Ces deffenses souuent veulent bien estre enfraintes,
Et par raison d'Etat contre de tels combas
Ils ordonnent souuent ce qu'ils n'approuuent pas.
Quand cent Raisons enfin feroient à sa iustice,
De cet excez d'amour resoudre le suplice,
Ses propres interests forceroient son couroux ;
La Princesse, l'Etat, tout parleroit pour nous ;
De trop recents trauaux laissent en sa memoire
Vostre dernier trophee, & ma derniere gloire,
Pour laisser immoler aux rigueurs de ses loix
Vn sang pour son seruice exposé tant de fois :
Il en sçait les ardeurs, il en connoit la flame ;
Et s'il vous faut enfin ouurir toute mon ame,
La main, qu'en me laissant on vous donne à mes yeux,
A rendu mon amour assez capricieux
Pour ne pouuoir languir entre son esperance,
Et la crainte qu'il a de vostre preference :
I'ay fait ce que i'ay pû pour me guerir d'vn mal
De qui la guerison vous ostast vn Riual ;
Mais plus ie le combas & plus il me possede,

Cet aimable tourment s'accroist par son remede,
Et ie connois qu'il faut aprés ces vains combas,
Malgré moy le souffrir pour ne l'accroistre pas.

D. LOPE.

Si trois ans de langueurs, d'amoureux sacrifices,
De perils, de trauaux, de respects, de seruices,
Et d'vn dessein si haut, & si bien estably
Pouuoient de sa beauté me permettre l'oubly;
Déja nostre amitié m'auroit osté l'idée,
Que d'vn si cher objet i'ay si long-temps gardee:
Mais à ce seul penser mon courage abbatu,
Se trouble, se confond, sans faillir de vertu;
Et solliciteroit ma main contre moy-mesme,
Auant que de passer à cet effort extréme:
De la vostre, Dom Sanche, éprouuons donc l'effort,
Elle ne peut tuer que d'vne belle mort;
Elle s'est fait priser dedans tant d'auantures
Que les coups m'en seront d'honorables blessures.

D. SANCHE.

Par le sang que déia la vostre m'a tiré
Vn succez tout contraire en doit estre auguré;
Mais le sort & l'Amour en regleront l'issuë;
Le Prince vient, sortons, éuitons-en la veuë;

Allons

Allons faire à sa Sœur connoistre son pouuoir,
Et d'vn noble peril tirer vn noble espoir.

SCENE III.

LE PRINCE, OCTAVE.

LE PRINCE.

TV vois, aux mouuemens dont mon amour extréme,
Presse mon desespoir d'agir contre moy-mesme,
Que tout secours m'est vain, & qu'il n'est plus saison
D'accorder mon esprit auecque ma raison;
Qu'il faut estre d'amour la funeste victime,
Et subir des Destins l'Arrest illegitime:
Voy qu'insensiblement sans espoir d'aucun fruit,
Ie me laisse trainer où mon feu me conduit.
Voila sa porte, frappe, & fay sortir Lucie.

OCTAVE bas.

Quelle erreur, s'il pretend voir Elise adoucie!
Mais ne tesmoignons rien qui me rende suspect.

LE PRINCE.

Frappe auec moins de bruit.

OCTAVE.

O le lasche respect !

SCENE IV.

LVCIE, LE PRINCE, OCTAVE.

LVCIE.

QV'est-ce, Seigneur? ô Ciel! quelle est vostre foiblesse?

LE PRINCE.

Procure moy, Lucie, vn mot de ta Maistresse.

LVCIE.

Vous connoissez l'ingrate, & vous sçauez...

LE PRINCE.

Va tost.

Ne t'en excuse point, ie ne luy veux qu'vn mot. Lucie rentre.
Quelle stupide crainte à sa porte m'attache!
Il le faut auoüer, vn Amant est bien lasche!
Il faut pour bien aymer vn cœur bien abbatu!
I'exerce en ce respect vne folle vertu!
Et...

LVCIE reuenant.

I'en preuoyois bien cette ingratte réponce,
Auecque déplaisir, Seigneur, ie vous l'anonce:
L'insensible, d'vn air vain & plain de fierté.
S'excuse de vous voir sur vn mal de costé,
Qui, si i'en puis iuger, ne l'incommode guiere.

LE PRINCE.

L'interest qui m'ameine est celuy de son Frere;
Lucie, encor vn coup au nom de cet Amour,
Dont la fatale ardeur me coustera le iour,
Fay que tant de rigueur pour vn moment s'appaise,
Ie ne l'entretiendray de rien qui luy desplaise;
Ie luy veux seulement offrir prés de ma Seur
Pour l'interest du Comte & mes soins & mon cœur.

LVCIE rentrant.

Ie retourne tenter cette humeur indocile,
Mais ie n'espere pas de la voir plus facile.

LE PRINCE.

Iustes ressentimens, tous prests de m'emporter,
Mouuemens, qui pressez ma fureur d'éclatter,
Tentons auparauant tout le respect possible,
Et souffrons iusqu'au bout de cette ame inuincible.
Lucie reuient. *Tel effort, dont parfois on ne s'est rien promis,*
A des succez heureux, & vainc des ennemis.
Et bien?

LVCIE reuenant.

Entreprenez vne roche, vne souche,
Plustost que d'esperer vn bon mot de sa bouche;
Pour toute courtoisie elle m'a reparty
Qu'elle est incommodée, & Dom Lope sorty:
C'est vn esprit étrange, & vous estes à plaindre.

LE PRINCE.

Ah! c'est trop de foiblesse, & c'est trop me cōtraindre!
Mesprisons cette ingratte apres tant de mespris:
Et ressens-toy, mon sang, du sein où ie t'ay pris.

SCENE V.

ELISE sur sa porte, LE PRINCE, LVCIE.

LE PRINCE.

ET bien, superbe, & bien, il faut reprendre vne Ame,
Sur qui vous exerciez vn empire de flame,
Que vous deuiez au sort plus qu'à vostre beauté,
Et qui n'estoit à vous que par ma lascheté;
Il faut rentrer au rang où le Ciel m'a fait naistre,
De vostre Esclaue il faut deuenir vostre Maistre,
Et n'obeyssant plus qu'aux loix de la raison,
Du mal que vous feignez tirer ma guerison.
I'ay, contre l'Ascendant sous qui vous estes née,
Voulu prester la main à vostre destinée,
Et pour vous esleuer en vn rang glorieux
Essayé de forcer l'influence des Cieux;
Mais ie voy bien qu'en vain tout nostre effort s'obstine,
A corrompre l'instinct où la naissance incline,
Sa force nous entraine, on ne peut la dompter;
Né pour ramper par terre, on repugne à monter.

Faites vn grand trophée, & rendez-vous insigne
Par le mépris des vœux dont vous n'estes pas digne:
On portera bien haut ce mespris effronté,
Et vous auez grand lieu d'en faire vanité!
Vos yeux vous soumettrõt assez d'autres Prouinces,
Tous les iours à vos pieds ils abbatrõt des Princes,
Des Roys & des Estats sont leurs moindres butins,
Et de toute l'Europe ils feront les Destins!
O ridicule orgueil, & vanité friuole!
On est souuent de soy l'Idolatre & l'Idole,
Et tels s'osent flatter de l'espoir d'vn grand bien,
Et conçoiuent beaucoup qui ne produisent rien.

ELISE.

Vous joüez vn indigne & lasche personnage,
Prince, à quoy tant de bruit? suiuez vostre courage.
Dans ce iuste courroux treuuez vostre repos,
Elle rentre, fermant la porte de violẽce. *Et ne perdez point tant d'inutiles propos.*

LVCIE s'en allant.

Dieu!

LE PRINCE.

Je ne les perds pas, s'ils peuuẽt vous deplaire,
La raison me les dicte & non pas la colere,
Et toutes vos faueurs ne rapprocheroient pas,
Ce cœur qui se derobe à vos foibles appas.

I'ay fait des lascheteZ, vous en aueZ fait gloire,
Vous m'auez deffendu iusqu'à vostre memoire;
Je n'ay plus de deuoirs à vous sacrifier,
Ie vous obeyray iusqu'à vous oublier;
Iusqu'à ne vous souffrir ny vous, ny vostre Frere,
Que pour le desseruir, & vous estre contraire,
Que pour vous detester, & de tout mon effort
Mettre vos iours en butte à tous les traits du sort.
Dom Lope est seulement ce que ie l'ay fait estre,
Les moyens s'offriront, où ie les feray naistre,
De le mettre aussi bas que i'ay sceu l'esleuer,
Et destruire vn Destin que i'allois acheuer.

OCTAVE.

I'ay bien peine à vous croire, & l'Amãt qui menace
Tout en iniuriant est prest à faire grace;
Le temps....

LE PRINCE.

Ne me croy pas sorty du sang du Roy,
Si tu me vois iamais rengager sous sa loy.

OCTAVE.

Vous vous affranchiriez d'vne triste auanture.

LE PRINCE.

J'en tiendray le serment iusqu'à la sepulture,

Et ſi ie n'accomply ce que ie te promets;
Si dans mon ſouuenir Eliſe entre iamais;
Si ie voy plus Eliſe, & ſi iamais Eliſe
Auec tout ſon orgueil a droit ſur ma franchiſe,
Apres tant de meſpris indignement ſoufferts,
Puiſſe vne infame main m'affranchir de ſes fers,
Et ſur vn Echaffaut faiſant tomber ma teſte;
A ſa preſomption derober ma conqueſte.
Si l'on veut m'obliger, que dans tout l'Arragon
On ſupprime d'Eliſe & l'idée & le nom;
Qu'aucun ne me la nomme, & ſur tout ne s'auiſe
De me tenir au rang des Pretendans d'Eliſe:
Eliſe, cet objet autrefois mon vainqueur,
Me bleſſe autant les yeux qu'elle bleſſoit mon cœur,
I'abhorrerois Eliſe à tous mes vœux ſoumiſe;
Le Ciel par ſa bonté me preſerue d'Eliſe!

OCTAVE.

Quoy! tant nommer Eliſe, & deteſter ſa loy!

LE PRINCE.

Ie mets par ce moyen toute Eliſe hors de moy:
La chaſſe d'vne place iniuſtement acquiſe,
Et de mon ſouuenir efface toute Eliſe:
Ie renonce aux Eſtats dont ie dois heriter,
S'il m'en ſouuient iamais que pour la deteſter.

OCTAVE

OCTAVE.

Sois beny, iuste Ciel, dequoy cette Prouince,
Dans le Fils de son Roy retrouue enfin son Prince!
Cette ingrate en effet a-t'elle des appas,
A meriter qu'vn Prince...

LE PRINCE.

Attends, n'acheue pas.
Quoy que des qualitez si dignes de ma haine
Me fassent auec droict hayr cette inhumaine,
Et que trop de raison m'oblige à m'en vanger,
Ie reserue à moy seul le droict de l'outrager;
Et ne doy, ny ne puis dedans toute autre bouche
Souffrir sans lascheté d'iniure qui la touche.

SCENE VI.

THEODORE, CYNTHIE, LE PRINCE, OCTAVE.

THEODORE.

ET *bien, sur cet amour qui vous trauailloit tant,*
Mon frere, auez-vo' fait vn progrez important?
Et viendrez-vous à bout ou de vous ou d'Elise?

LE PRINCE.

Ie vay vous témoigner combien ie la mesprise,
Puis que le prix, ma Sœur, que ie pretends du Roy,
Pour cet heureux combat que ie gagne sur moy,
Est le bannissement d'Elise & de son Frere.

THEODORE.

Ciel!

LE PRINCE.

Et tout à l'instant, s'il me veut satisfaire.
Vous en estes en peine! en voila le progrez.

THEODORE.

Souuent qui presse trop se produit des regrets,
Consultez-vous vn peu.

LE PRINCE s'en allant.

L'affaire en est concluë.

SCENE VII.

THEODORE, CYNTHIE.

THEODORE.

ET ma mort donc, Cynthie, est aussi resolue.

CYNTHIE.

Comment?

THEODORE.

Si l'on bannit Dom Lope de la Cour,
N'est-ce pas m'oter l'ame, & me bannir du iour?
Helas!

CYNTHIE.

I'ay bien en vous reconnu quelque estime,
Et quelques agrémens pour ce cœur magnanime;
Mais d'auoir crû qu'Amour vous tint en ces liens...

THEODORE.

Et qu'est-ce donc qu'Amour dãs le rang que ie tiẽs?
Par quels termes veux tu que nostre cœur s'exprime,
Que par ceux d'agrémens, de loüange & d'estime?

Veux-tu que par des vœux & des abaissemens
Une fille de Roy s'explique à ses Amans?
Dans mon sexe & mon rang ose-t'on dire i'ayme?
Et la bouche & le cœur y parlent-ils de méme?
Ah! que depuis trois ans qu'à ce cœur genereux
Ma veritable ardeur souffre vn espoir douteux.
Ce feu que ie nourris, & que ie dissimule
Pour estre trop couuert sensiblement me brusle!
Ouy, ie l'ayme, Cynthie, ouy ie l'ayme, & ma foy
N'a demandé du temps pour s'expliquer au Roy,
Qu'à dessein de seruir mon Frere aupres d'Elise,
Et que pour destourner d'vne seconde prise
Ces cœurs impatiens, ces Riuaux genereux,
Encore tous boüillans de l'espoir de mes vœux:
Car tu sçais que le Roy, craignãt que leur querelle...

SCENE VIII.

D. LOPE en desordre, THEODORE, CYNTHIE.

DOM LOPE.

DOm Sanche est mort, Madame.

THEODORE.

O funeste nouuelle!

Dom Sanche est mort, cruel! & sans ressentiment
Tu m'oses annoncer la perte d'vn Amant!
Et ce coup en ces lieux peut souffrir ta presence!

D. LOPE.

Ie ne vous en ay pû derober la vengeance,
Et puis que vostre choix paroist par ce regret,
Ce fer...

Tirant son espée.

THEODORE.

Attend, cruel, tu prends mal mon secret.
Cet Amant que ie plains par ce regret extréme;
Cet Amant que ie perds, barbare, c'est toy-méme.
Sçais-tu pas...

D. LOPE.

Ouy, ie sçay la deffence du Roy,
Qu'vn mot est en sa bouche vne immuable loy;
Et qu'à l'auoir enfrainte il y va de ma teste:
Mais ie meurs trop heureux apres vostre conquéte.
Quelque euident peril que ie coure en ces lieux,
Ie ne puis trop payer cet aueu glorieux.

THEODORE.

Pourquoy remettre au sort de ce combat funeste
La conqueste d'vn cœur qu'en vain on te conteste?

Combien depuis trois ans mes yeux & mes soupirs
Ont-ils dû clairement t'expliquer mes desirs?
Mais il n'est pas saison que ie t'en entretienne;
Va-t'en, sauue ma vie en conseruant la tienne;
Va, ne t'expose pas aux premiers mouuemens
Que le Roy peut permettre à ses ressentimens.
En ses plus fauoris il veut que sa puissance
Rencontre du respect & de l'obeyssance:
Ta teste aupres de luy n'est pas en seureté.
Ie connoy sa justice & sa seuerité,
Attends que sa fureur soit un peu dissipée.
Va, le temps & mes pleurs...

SCENE IX.

LE ROY, GARDES, D. LOPE, THEODORE.

LE ROY.

Comte, rendez l'espee.

D. LOPE.

J'obeis.

THEODORE.

O combat funeste à mes souhais!

LE ROY.

Gardes, conduisez-le dans la Tour du Palais.

D. LOPE.

I'ay vainement, Grand Roy, combatu la licence
Qui nous a fait armer contre vostre deffence,
Mon respect a tenté des efforts superflus;
Dom Sanche absolument...

LE ROY.

Ie ne vous entends plus.
Allez, & seulement disposez vostre teste
A l'exemple qu'en vous ma iustice s'appreste.

THEODORE.

Seigneur...

LE ROY.

Et vous, pour qui cent Roys ont souspiré,
Faites choix d'vn Amant dont ie sois reueré,
Et tenez-en l'amour & la foy pour suspecte,
S'il ne sçait m'obeyr, & s'il ne me respecte. Il s'en va.

THEODORE seule.

Helas! si de ce choix on frustre mon desir,
Ie n'ay plus ny d'amour ny d'Amant à choisir.

Fin du quatriesme Acte.

ACTE V.

SCENE PREMIERE.

D. LOPE, ELISE.

D. LOPE en la chambre où il est arresté.

VREZ-vous plainement satisfait vostre enuie,
Quand vous aurez destruit ma fortune & ma vie?
L'vne & l'autre, ma Sœur, sont prestes d'expirer,
Je n'esperois qu'en vous, ie n'ay plus qu'esperer;
Elles ne valent pas vn mot, vne priere,
Vous feriez violence à vostre humeur altiere,
Et pour vous obliger à ce sensible effort,
Il vous faut vn subiet plus pressant que ma mort.

ELISE

ELISE.

Quãd vous me reprochez, que du sang qui m'anime
Ie ressens trop la force, & soustiens trop l'estime,
Ie ne vous conçoy plus dans cet illustre rang,
Où vous portiez si haut l'honneur du méme sang:
Et vous treuuãt vous-méme à vous-méme cõtraire,
En mon Frere auiourd'huy ne connoy plus mon Frere.
Vn si vaillant Guerrier que vous l'auez esté,
Peut-il rien souhaitter par vne lascheté?
Vn si genereux Frere, & du sang de Cardone,
Peut-il rien accepter que l'honneur ne luy donne?
Et vous voulez tenir & l'Infante & le iour
D'vne lasche foiblesse & d'vn honteux amour?
Vous m'appellez ingrate, orgueilleuse, inhumaine,
Si ie ne me soumets à l'obiet de ma haine,
Et n'immole à ses vœux tout le ressentiment
Que me laissent l'amour & la mort d'vn Amant.
I'embrasserois la mort auec plus d'allegresse
Que ie ne commettrois cette indigne foiblesse.
Ie doy tout & puis tout pour le nœud qui no⁹ ioint,
Mais pour des laschetez ne m'en demandez point.
On n'execute pas tousiours comme on menace,
On condamne parfois afin de faire grace:
Vos seruices du Roy fléchiront le courroux;
Les rebelles vaincus luy parleront pour vous.

Il vous doit conseruer s'il ne veut se destruire,
Ou d'vne rude atteinte ébranler son Empire.
Si le Prince me tient pour vn obiet d'horreur,
S'il me hayt en effet, i'aigrirois sa fureur;
S'il m'ayme, il doit pouruoir où cet amour l'inuite,
Et s'employer pour vous sans qu'on l'en sollicite.
Ainsi ie ne ferois que perdre vn lasche soin,
Puis que ie le prierois sans fruit ou sans besoin.

D. LOPE.

Bien, laissez-moy mourir, croyez vostre courage.

ELISE.

Mourant, ie vous suiuray, ie ne puis dauantage.
Celuy, dont sur mon cœur l'amour fut impuissant,
Et que ie n'ay pû voir soumis ny languissant,
Sans vne auersion pour luy si violente
Ne me verra iamais à ses pieds suppliante:
Et ie conserueray cette noble fierté,
Qui ne luy pût sur moy souffrir d'authorité:
Forcez cette foiblesse, elle vous seroit vaine.

SCENE II.

LE ROY, GARDES, D. LOPE, ELISE.

DOM LOPE.

QVelle bonté, Seigneur, en ce lieu vous amene?
Vous, voir vn criminel! Vous, dedãs ma prison!

LE ROY.

Ie plains vostre malheur, Comte, & i'en ay raison,
A vostre seul renom toute l'Europe tremble,
Il fait plus pour l'Estat que tout l'Estat ensemble.
Par vo⁹ l'Espagne est calme, & le More auiourd'hui
Respecte vn Souuerain dont vous estes l'appuy:
La preuue de valeur que vous auez renduë,
A reduit vne Ville à dementir sa veuë:
Pour ce qu'a fait ce bras en ce celebre employ,
La plus credule oreille à peine a de la foy;
Vous me rendez Valance, & par cette conqueste
Ma Couronne ébranlée est encor sur ma teste;
Ie vous en doy le prix, vous l'auez demandé:
C'est mon sang, c'est ma Fille, il vous est accordé;
Ouy, Theodore est vostre, & ma reconnoissance
N'a contre cet hymen excuse ny deffence,
Et ie veux qu'à l'instãt vous vous dõniés les mains.

D. LOPE.

Moy, Seigneur!

ELISE.

O Monarque, honneur des Souuerains!

LE ROY.

Ouy, vous, mais de ce prix payant vostre conquéte,
A ma justice aussi vous deuez vostre teste.
Et vous n'auez pas dû perdre le souuenir,
Qu'aussi bien qu'à payer ie suis iuste à punir.
Vous sçauiez mon serment; vos desobeyssances
Ont sans le respecter violé mes deffences;
Les soins & les deuoirs rendus à mes Estats,
Du respect de mes loix ne vous dispensent pas.
Je sçay que vostre cheute esbranle ma Couronne;
I'en perds en vous perdant la plus ferme colomne,
Je me priue d'vn Gendre, & perds en luy l'espoir
De voir, où l'on m'ignore, estendre mon pouuoir:
I'ay plus de part que vous dedans vostre suplice;
Mais contre son sang propre vn Roy doit la justice.
Quand l'Infante deuoit regler vostre debat,
Contre mon ordre exprez vous rendez vn combat;
Vous croyez qu'il suffit pour mespriser son Prince
D'auoir accru sa gloire & sauué sa Prouince:
Non, non ie suis Roy, Comte, & ce combat fatal
Attaquoit mon pouuoir plus que vostre Riual.

Ie ne puis balancer au chastiment d'vn crime
Où mon authorité voit blesser son estime;
Et mon regne est iniuste, & i'y doy renoncer
Si ie ne sçay punir comme recompenser:
Dom Sanche, comme au crime auroit part au suplice,
Si sa mort ne l'auoit soustrait à ma iustice;
Ainsi de mon arrest euitant la rigueur
La défaite est plus douce au vaincu qu'au vainqueur.

D. LOPE.

Si les loix de l'honneur, Sire, en cette occurrence
Sur celles de l'Estat n'ont point de preference,
Si l'appel de Dom Sanche, & ses empressemens,
Enfin si de ialoux & nobles mouuemens
Pour le plus digne objet que l'Vniuers estime,
Ne sont dignes de grace, & n'excusent mon crime,
I'attens auec respect l'arrest que vous rendrez,
Et porteray ma teste où vous l'ordonnerez.

LE ROY.

Dessus vn eschaffaut, Comte, on vous le prepare.

ELISE.

O seuere iustice, & vertu trop barbare!
Des iours si glorieux que vous voulez rauir
Refroidiront, Seigneur, l'ardeur de vous seruir:

Quoy! le iour d'vn hymen, le iour qu'à sa victoire
On doit des Echaffaux de triomphe & de gloire,
Tous brillans de la pompe où l'éleue le sort,
Vn Bourreau par vostre ordre en dresse vn pour sa mort!
Et doit de son vangeur priuer vostre Prouince!

LE ROY.

Ie n'ay point condamné vos rigueurs pour le Prince;
I'ay crû que vous pouuiez au meurtrier d'vn Amant
Faire sans iniustice vn si dur traitement!
Souffrez-moy l'equité que i'ayme où ie la treuue,
Et que contre mon sang en vous-mesme i'appreuue;
Qui presant, & si cher ne m'a pas respecté,
Et ne defere pas à mon authorité,
Eloigné de ma veuë a dedans sa victoire,
Plus que mon interest consideré sa gloire;
Qui sujet seulement m'a pû desobeyr
Gendre vn iour, se pourroit resoudre à me trahir;
Et par ce rang illustre acquis dans ma Famille
Aspirer à mon thrône aussi bien qu'à ma Fille;
Ie protege l'Estat contre son Deffenseur,
Et dedans son appuy ie crain son rauisseur.

D. LOPE.

Si de cet attentat mon Roy me croit capable
Qu'on me meine à la mort, Gardes, ie suis coupable;

Ie garde trop long-temps le sang que ie luy doy,
Vn bon sujet doit tout au repos de son Roy,
Ie dois à ce soupçon ma teste en sacrifice:
Mon propre bras, grand Prince, en fera-t'il l'office?
Fera-il choir aux pieds de vostre Majesté
Cette victime duë à vostre seureté?
Par vn frequent vsage où ses emplois l'instruisent,
Il sçait bien mettre à bas les testes qui vous nuisent;
Vous n'auez rien hay qu'il n'ait bien sceu ranger,
Il ne pardonne point quand il faut vous vanger.

SCENE III.

THEODORE, LE ROY, Gardes, D. LOPE. ELISE.
CYNTHIE, LVCIE.

D. LOPE continuë à Theodore.

ADieu, de mon destin trop digne souueraine,
De ma temerité ie vay porter la peine;
On ne l'a pû souffrir, Madame, & mon orgueil
Me fait moins meriter vostre lit qu'vn cercueil;
Pour me perdre, il est vain de chercher d'autre crime,
Quand mon ambition rend ma mort legitime;
Et ie fus criminel si tost que ie vous vis,
Car mes iours à l'instant vous furent asseruis;

Dés ce fatal moment ie ceday sans deffense
Au beau feu qui me brusle, & qui fait mon offense,
Je conceus des pensers que ie deuois bannir,
Et sans autre pretexte, on eust pû m'en punir:
I'approuue que mon sang de ce crime me laue,
Mais au moins souffrés moy de mourir vostre esclaue;
Cent Rois pourroient pretendre à cette qualité,
Mais nul n'aura pour vous tant de fidelité,
Et iamais paßion auec tant de silence
N'exerça tant d'empire & tant de violence.

THEODORE.

Iusqu'ici ce grand cœur qui sort de vostre sang
A satisfait mon sexe, & soustenu mon rang,
Et contre les deuoirs que l'amour en exige
A fait tous les efforts où l'vn & l'autre oblige;
Non qu'il fut insensible, helas! il a bruslé,
Il a conceu des vœux, mais il n'a point parlé,
Et par vn noble orgueil a trop long-temps remise
La declaration que vous m'auez permise:
Mais auiourd'huy, Seigneur, auiourd'huy que ie voy
Que la mort est le prix de qui combat pour moy,
Cet orgueil me sied mal, & ie suis vne ingrate
Si mon cœur ne s'explique, & mon amour n'éclate;
Ie le puis auoüer, vous me l'auez permis,
Dom Lope m'a vaincuë auec vos ennemis,

Par

Par le ſang qu'il verſoit il allumoit ma flame,
Chacun de ſes progrez l'auançoit en mon ame;
Mon eſtime en ſecret couronnoit ſes combas,
Il accroiſſoit mes vœux accroiſſant vos Eſtats;
Et ſon dernier triomphe acheuant ma conqueſte,
A la main d'vn Bourreau vous deſtinez ſa teſte.
Quelle equité, Seigneur, doit à voſtre couroux
Le iour de mon hymen immoler mon Epoux?
Pour quel crime faut-il, & par quelle iuſtice
Que le iour d'vn triomphe vn Conquerant periſſe?
Il n'examina pas à l'appel d'vn Riual
D'vn reſpect violé l'éuenement fatal:
Il n'a pû d'vn combat obſeruer la deffence;
Et tout ce qu'il a fait perir par cette offence:
Ah! que ce coup, Seigneur, bleſſera vos Eſtats!
Que ſa teſte tombant fera tomber de bras!
Que ſa mort ſeignera dans les plus grandes ames!
Et que de vous ſeruir elle étaindra les flames,
Si l'ardeur n'en produit qu'vn eſpoir ſi douteux!
Et l'ombre d'vne offence vn treſpas ſi honteux!

LE ROY.

Ie diſpenſe où ie dois & le prix & la peine; (taine,
L'vn n'eſt iamais douteux, l'autre eſt touſiours cer-
Le ſupréme art des Rois & des Gouuernemens
Doit rouler ſans gauchir ſur ces deux fondemens,
Ie marche en tous les deux d'vne eſgale juſtice,

Et pour faire au loyer preceder le seruice,
Et payer les deuoirs rendus à mes Estats,
Ie veux que vostre hymen precede son trespas;
Mais qu'au moment aussi de ce triste hymenée,
Le glaiue qui l'attend tranche sa Destinée.
Receuez-en la main, & par vn noble effort...

THEODORE luy prenant la main.

Ouy, ie la receuray pour le suiure à la mort,
Pour espouser en luy quelque sort qui luy vienne,
Pour porter au Bourreau ma teste auec la sienne,
Pour joindre vne innocente à ce cher criminel,
Et pour faire au tombeau nostre hymen eternel.
Ouy, ie la reçoy, Sire, & si vostre justice...

SCENE IV.

D. FERNAND, D. LOPE, LE ROY, THEODORE, ELISE, CYNTHIE, LVCIE, GARDES.

D. FERNAND.

DE Dom Lope, Grand Roy, differez le suplice,
Mon Fils percé de coups aux abois de la mort
Pour le justifier fait vn dernier effort;
Et ne sçauroit mourir auecque l'infamie
De laisser choir sans crime vne teste ennemie.

D. LOPE.

L'Etat luy doit vengeance, & pert par ſon trépas
Sa plus illuſtre épee, & ſon plus digne bras.

LE ROY.

Fatale authorité par tous deux violée,
Qu'auant leur crime, helas! ne t'ay-je dépoüillee?
L'éclat, & l'equité que tu dois conſeruer
De deux ſi chers appuis ſe doiuent-ils priuer?
Ou pour les conſeruer, s'ils ne t'ont épargnée
Auec impunité ſeras-tu dédaignee?

D. FERNAND.

Faites grace, grand Prince, à d'inuincibles bras
Que des ſiecles entiers ne vous produiront pas:
Si leur irreuerence a vos loix offenſees
Ils les maintiendront plus qu'ils ne les ont bleſſees,
Si ie ſouhaite encor quelques iours à mon Fils,
C'eſt pour le voir mourir parmy vos ennemis,
Et de ces meſmes loix ſouſtenant la deffenſe
Par vne belle mort reparer ſon offenſe.

LE ROY.

Demeure inébranlable, ô conſtante equité
Par qui mon nom eſt cher autant que redouté,
Ne ſouffre point de tache, & laiſſe à mes Prouinces
De ſi profonds reſpects aux ordres de leurs Princes,
Que tant que leur puiſſance eſtablira des loix,
L'exemple d'auiourd'huy n'arriue qu'vne fois.

SCENE DERNIERE.

LE PRINCE, OCTAVE, LE ROY, GARDES, THEODORE, ELISE, D. LOPE, D. FERNAND, LVCIE, CYNTHIE.

LVCIE voyant venir le Prince.

AH! Madame, le Prince en sa iuste colere
Vient demãder au Roy la mort de vostre Frere,
Et se pouuant sur luy vanger auec eclat....

LE PRINCE.

Enfin ie sors vainqueur d'vn si rude combat:
Sire, vn illustre effort qui me rend ma franchise
A destruit en mon cœur tout l'empire d'Elise;
D'vn genereux dedain i'ay vaincu ses mespris;
I'ay de sa tyrannie affranchy mes espris,
Et viens solliciter la foy qui vous engage:
A la fin que i'obtiens d'vn si lasche seruage;
Vous m'en deuez le prix, vous me l'auez promis.

LE ROY.

Les Roys doiuent la foy méme à leurs ennemis;
Ouy, ie vous l'a doy, Prince, & ma propre couronne
Ne se dispense pas du choix qu'elle vous donne;
De mes vieux ans encor i'immolerois le cours,
Pour vn repos si cher que celuy de vos iours.

LE PRINCE.

Mon souhait est plus iuste, & ne veut pour salaire

De l'oubly de la Sœur que la teste du Frere.

LE ROY.

Ouy, son trespas est iuste, ouy, Gardes de ce pas...

LE PRINCE.

Ie demande sa teste, & non pas son trespas,
Je demande, Seigneur, sa teste triomphante
Sous vn heureux hymen des baisers de l'Infante,
En qui vostre Couronne ayt vn illustre appuy,
Et vostre grace enfin pour Dom Sanche & pour luy.

D. LOPE.

O generosité qui n'eut iamais d'exemple!

D. FERNAND.

O du cœur d'vn grãd Prince epreuue la plus ample!

LE ROY.

Relasche, ma Vertu, d'vn pouuoir rigoureux
A la faueur d'vn Fils, & d'vn Fils genereux.
Le rang des criminels t'est vne douce amorce,
Trop seuere Equité suspens icy ta force,
Et laisse ta balance incliner vne fois
Plus deuers la douceur que la rigueur des loix.
Ouy, Prince, ie fais grace à deux cœurs inuincibles,

Que ie ne puis m'oster sans des douleurs sensibles;
Et confirme l'arrest du lien eternel,
Qui met dans ma famille vn si cher criminel;
Vous aidez ma clemence, & malgré ma menace
Je suis rauy, mon Fils, de vous deuoir leur grace,
Et vers ce cher pardon n'osant se relâcher
Mon cœur auec plaisir se le voit arracher:
Puis qu'vn si doux succez finit ces auantures
Qu'on veille sur Dō Sanche, & soigne à ses blessures,
De sa valeur, Fernand, conseruez-moy l'appuy,
Et mes soins veilleront, & pour vous, & pour luy.

D. FERNAND.

Si d'vn peril si grand son bonheur le deliure,
C'est pour mourir pour vous qu'il tâchera de viure,
Et pour payer d'vn bras qu'vn seul Lope a dompté
La grace que i'obtiens de vostre Majesté.

LE PRINCE à Elise.

Et bien, inexorable, estes-vous satisfaite
De l'importunité dont ie vous ay defaite?
Et le barbare effort que i'ay fait sur mon cœur
A-il quelque rapport auec vostre rigueur?
Ouy, par là seulement ce cœur vous pouuoit plaire,
Vous voyez auec ioye vne perte si chere;
Mais exerçant sur moy cet effort rigoureux,

J'ay renoncé, barbare, à bien plus qu'à vos vœux,
D'vn succez malheureux mon transport me deliure,
Mais ie n'ay pas promis de me taire & de viure,
Mais ie n'ay pas promis de suruiure vn amour,
Sans qui ie hay l'éclat & du trône, & du iour:
Pour vous prouuer, ingratte, vne si belle flame,
Ie voudrois perdre plus que du sang, & qu'vne ame:
Quelque ferme dessein que i'en aye pû former
Rien ne peut m'obliger à viure sans l'aimer.

ELISE.

Cesse, vieil souuenir qu'vne iniure me laisse,
Ombre de Dom Louis, pardonne à ma foiblesse,
Laisse passer vn cœur trop constant & trop fier
Du tombeau qui t'enferme au sein de ton meurtrier:
I'ay tenu trop long-temps contre vn amour si rare,
Contre tant de bonté la constance est barbare;
Viuez Prince, viuez sous vn destin plus doux,
Ne mourés point pour moy qui veux viure pour vo⁹:
Si le Roy, si l'Etat à vos vœux n'est contraire,
Vous acquerez la sœur en conseruant le Frere,
Et vous gaignez vn cœur que vostre authorité
Auec tout son éclat n'auroit iamais dompté.

LE PRINCE.

Vous, ma Princesse, vous, à mes vœux exorable!
La fortune à ce poinct m'est-elle fauorable?

Au Roy. *De Dom Lope en mon sang expiez le forfait,*
Ie ne puis plus, Seigneur, mourir que satisfait.

LE ROY.

Non, non, Prince, viués, vôtre amour a des charmes
Qui forcent tout obstacle & m'arrachent les armes.
Ie consens à vos vœux le prix qui leur est dû,
Et souscris à l'Arrest que vous auez rendu.
Perdre vn si noble sang que celuy de Cardone,
Seroit auec douleur affoiblir ma Couronne.
Theodore est à vous, donnez-moy des Neueux
A Dom Lope. *Dignes & d'vn Hymen & d'vn iour si fameux.*

D. LOPE.

A quels perils, Grand Roy, puis je exposer ma vie
Où l'heur que ie reçoy ne soit digne d'enuie?
Et vous, Prince, quel sang apres tant de bontés,
Peut...

LE PRINCE.

I'ay moins fait pour vous que vous ne merités.

LE ROY.

O Ciel! dont les Decrets reglent nos Destinees,
Donne d'heureux succeZ à ces deux Hymenées.

Fin du dernier Acte.

www.ingramcontent.com/pod-product-compliance
Ingram Content Group UK Ltd.
Pitfield, Milton Keynes, MK11 3LW, UK
UKHW022118190726
13855UKWH00003B/928

9 782013 082679